读
行
者

从阅读走进现实
knowledge-power

knowledge-power

读 行 者

病隙碎笔

史铁生 著

插图珍藏版

湖南文艺出版社
HUNAN LITERATURE AND ART PUBLISHING HOUSE

博集天卷
CS-BOOKY

目录

Contents

病隙碎笔 3 ——————————————————

我们太看重了白昼，又太忽视着黑夜。生命，至少有一半是在黑夜中呀——夜深人静，心神仍在奔突和浪游。更因为，一个明确走在晴天朗照中的人，很可能正在心魂的黑暗与迷茫中挣扎，黑夜与白昼之比因而更其悬殊。

病隙碎笔 4 ——————————————————

看见苦难的永恒，实在是神的垂怜——唯此才能真正断除迷执，相信爱才是人类唯一的救助。这爱，不单是友善、慈悲、助人为乐，它根本是你自己的福。这爱，非居高的施舍，乃谦恭的仰望，接受苦难，从而走向精神的超越。

病隙碎笔 5 ——————————————

一棵树上落着一群鸟儿，把树砍了，鸟儿也就没了吗？不，树上的鸟儿没了，但它们在别处。同样，此一肉身，栖居过一些思想、情感和心绪，这肉身火化了，那思想、情感和心绪也就没了吗？不，他们在别处。倘人间的困苦从未消失，人间的消息从未减损，人间的爱愿从未放弃，他们就必定还在。

病隙碎笔 6 ——————————————

尴尬是一种可贵的能力。因为，反躬自问是一切爱愿和思想的初萌。要是你忽然发现你处在了尴尬的地位，这不值得惊慌，也最好不要逃避，莫如由着它日日夜夜惊扰你的良知，质问你的信仰，激活你的思想；进退维谷之日正可能是别有洞天之时，这差不多能算规律。

病隙碎笔 1

约伯的信心是真正的信心。约伯的信心前面没有福乐做引诱，有的倒是接连不断的苦难。不断的苦难曾使约伯的信心动摇，他质问上帝：作为一个虔诚的信者，他为什么要遭受如此深重的苦难？

/一/

所谓命运，就是说，这一出"人间戏剧"需要各种各样的角色，你只能是其中之一，不可以随意调换。

写过剧本的人知道，要让一出戏剧吸引人，必要有矛盾，有人物间的冲突。矛盾和冲突的前提，是人物的性格、境遇各异，乃至天壤之异。上帝深谙此理，所以"人间戏剧"精彩纷呈。

写剧本的时候明白，之后常常糊涂，常会说："我怎么这么倒霉！"其实谁也有"我怎么这么走运"的时候，只是这样的时候不嫌多，所以也忘得快。但是，若非"我怎么这么"和"我怎么那么"，我就是我了吗？我就是我。我是一种限制。比如我现在要去法国看"世界杯"，一般来说是坐飞机去，但那架飞机上天之后要是忽然不听话，发动机或起落架谋反，我也没办法再跳上另一架飞机了，一切只好看命运的安排，看那一幕戏剧中有没有飞机坠毁的情节，有的话，多么美妙的足球也只好由别人去看。

/二/

把身体比作一架飞机，要是两条腿（起落架）和两个肾（发动机）一起失灵，这故障不能算小，料必机长就会走出来，请大家留些遗言。

躺在"透析室"的病床上，看鲜红的血在"透析器"里汩汩地走——从我的身体里出来，再回到我的身体里去，那时，我常仿佛听见飞机在天上挣扎的声音，猜想上帝的剧本里这一幕是如何编排。

有时候我设想我的墓志铭，并不是说我多么喜欢那路东西，只是想，如果要的话最好要什么？要的话，最好由我自己来选择。我看好《再别康桥》中的一句：轻轻的我走了，正如我轻轻的来。在徐志摩先生，那未必是指生死，但在我看来，那真是最好的对生死的态度，最恰当不过，用作墓志铭再好也没有。我轻轻地走，正如我轻轻地来，扫尽尘嚣。

但既然这样，又何必弄一块石头来做证？还是什么都不要吧，墓地、墓碑、花圈、挽联，以及各种方式的追悼，什么都不要才好，让寂静，甚至让遗忘，去读那诗句。我希望"机长"走到我面前时，我能镇静地把这样的遗言交给他。但也可能并不如愿，也可能"筛糠"。就算"筛糠"吧，讲好的遗言也不要再变。

/三/

有一回记者问到我的职业，我说是生病，业余写一点东西。这不是调侃，我这四十八年大约有一半时间用于生病，此病未去彼病又来，成群结队好像都相中我这身体是一处乐园。或许"铁生"二字暗合了某种意思，至今竟也不死。但按照某种说法，这样的不死其实是惩罚，原因是前世必没有太好的记录。我有时想，可否据此也去做一回演讲，把今生的惩罚与前生的恶迹一样样对照着摆给——比如说，正在腐败着的官吏们去做警告？但想想也就作罢，料必他们也是无动于衷。

/四/

生病也是生活体验之一种，甚或算得一项别开生面的游历。这游历当然是有风险，但去大河上漂流就安全吗？不同的是，漂流可以事先做些准备，生病通常猝不及防；漂流是自觉的勇猛，生病是被迫的抵抗；漂流，成败都有一份光荣，生病却始终不便夸耀。不过，但凡游历总有酬报：异地他乡增长见识，名山大川陶冶性情，激流险阻锤炼意志，生病的经验是一步步懂得满足。发烧了，才知道不发烧的日子多么清爽。咳嗽了，才体会不咳嗽的嗓子多么安详。刚坐上轮椅时，我老想，不能直立行走岂非把人的特点搞丢了？便觉天昏地暗。等到又生出褥疮，一连数日只能歪七扭八地躺着，才看见端坐的日子其实多么晴朗。后来又患尿毒症，经常昏昏然不能思想，就更加怀恋起往日时光。终于醒悟：其实每时每刻我们都是幸运的，因为任何灾难的前面都可能再加一个"更"字。

/五/

坐上轮椅那年，大夫们总担心我的视神经会不会也随之作乱，隔三岔五推我去眼科检查，并不声张，事后才告诉我已经逃过了怎样的凶险。人有一种坏习惯，记得住倒霉，记不住走运，这实在有失厚道，是对神明的不公。那次摆脱了眼科的纠缠，常让我想想后怕，不由得瞑揖默谢。

不过，当有人劝我去佛堂烧炷高香，求佛不断送来好运，或许能还给我各项健康时，我总犹豫。不是不愿去朝拜（更不是不愿意忽然站起来），佛法博大精深，但我确实不认为满腹功利是对佛法的尊敬。便去烧香，也不该有那样的要求，不该以为命运欠了你什么。莫非是佛一时疏忽错有安排，倒要你这凡夫俗子去提醒一二？唯当去求一份智慧，以醒贪迷。为求实惠去烧香磕头念颂词，总让人摆脱不掉阿谀、行贿的感觉。就算是求人办事吧，也最好不是这样的逻辑。实在碰上贪官非送财礼不可，也是鬼鬼祟祟的才对，怎么竟敢大张旗鼓去佛门徇私舞弊？佛门清静，凭一肚子委屈和一沓账单还算什么朝拜？

/六/

约伯的信心是真正的信心。约伯的信心前面没有福乐做引诱，有的倒是接连不断的苦难。不断的苦难曾使约伯的信心动摇，他质问上帝：作为一个虔诚的信者，他为什么要遭受如此深重的苦难？但上帝仍然没有给他福乐的许诺，而是谴责约伯和他的朋友不懂得苦难的意义。上帝把他伟大的创造指给约伯看，意思是说：这就是你要接受的全部，威力无比的现实，这就是你不能从中单单拿掉苦难的整个世界！约伯于是醒悟。

不断的苦难才是不断地需要信心的原因，这是信心的原则，不可稍有更动。倘其预设下丝毫福乐，信心便容易蜕变为谋略，终难免与行贿同流。甚至光荣，也可能腐蚀信心。在没有光荣的路上，信心可要放弃吗？以苦难去做福乐的投资，或以圣洁赢取尘世的荣耀，都不是上帝对约伯的期待。

/七/

曾让科学大伤脑筋的问题之一是：宇宙何以能够满足如此苛刻的条件——阳光、土壤、水、大气层，以及各种元素恰到好处的比例，以及地球与其他星球妙不可言的距离——使生命孕育，使人类诞生？

若一味地把人和宇宙分而观之，人是人，宇宙是宇宙，这脑筋就怕要永远伤下去。天人合一，科学也渐渐醒悟到人是宇宙的一部分，这样，问题似乎并不难解：任何部分之于整体，或整体之于部分，都必定密切吻合。譬如一只花瓶，不小心摔下几块碎片，碎片的边缘尽管参差诡异，拿来补在花瓶上也肯定严丝合缝。而要想复制同样的碎片或同样的缺口，比登天还难。

/八/

世界是一个整体，人是它的一部分，整体岂能为了部分而改变其整体意图？这大约就是上帝不能有求必应的原因。这也就是人类以及个人永远的困境。每个角色都是戏剧的一部分，单捉出一个来宠爱，就怕整出戏剧都不好看。

上帝能否插手人间？一种意见说能，整个世界都是他创造的呀。另一种意见说不能，他并没有体察人间的疾苦而把世界重新裁剪得更好。从后一种理由看，他确实是不能。但是，从他坚持整体意图的不可改变这一点想，他岂不又是能吗？对于向他讨要好运的人来说，他未必能。但是，就约伯的醒悟而言，他岂不又是能吗？

/九/

撒旦不愧是魔鬼，惯于歪曲信仰的意义。撒旦对上帝说：约伯所以敬畏你，是因为你赐福于他，否则看他不咒骂你！上帝想看看是不是这样，便允许撒旦夺走了约伯的儿女和财产，但约伯的信心没有动摇。撒旦又对上帝说：单单舍弃身外之物还不能说明什么，你若伤害他的身体，看看会怎样吧！上帝便又允许撒旦让约伯身染恶病，但信者约伯仍然没有怨言。

撒旦的逻辑正是行贿受贿的逻辑。

约伯没有让撒旦的逻辑得逞。可是，他却几乎迷失在另一种对信仰的歪曲中："约伯，你之所以遭受苦难，料必是你得罪过上帝。"这话比魔鬼还可怕，约伯开始觉到委屈，开始埋怨上帝的不公正了。

这样的埋怨我们也熟悉。好几次有人对我说过，也许是我什么时候不留神，说了对佛不够恭敬的话，所以才病而又病，我听了也像约伯一样顿生怨愤——莫非佛也是如此偏爱恭维、心胸狭窄？还有，我说约伯的埋怨我们也熟悉，是说，背运的时候谁都可能埋怨命运的不公平，但是生活，正如上帝指给约伯看到的那样，从来就布设了凶险，不因为谁的虔敬就给谁特别的优惠。

/十/

可是上帝终于还是把约伯失去的一切还给了约伯，终于还是赐福给了那个屡遭厄运的老人，这又怎么说？

关键在于，那不是信心之前的许诺，不是信心的回扣，那是苦难极处不可以消失的希望啊！上帝不许诺光荣与福乐，但上帝保佑你的希望。人不可以逃避苦难，亦不可以放弃希望——恰是在这样的意义上，上帝存在。命运并不受贿，但希望与你同在，这才是信仰的真意，是信者的路。

/十一/

　　重病之时，我总想起已故好友周郿英，想起他躺在病房里，瘦得只剩一副骨架，高烧不断，溃烂的腹部不但不愈合反而在扩展……窗外阳光灿烂，天上流云飞走，他闭上眼睛，从不呻吟，从不言死，有几次就那么昏过去。就这样，三年，他从未放弃希望。现在我才看见那是多么了不起的信心。三年，那是一分钟一分钟连接起来的，漫漫长夜到漫漫白昼，每一分钟的前面都没有确定的许诺，无论科学还是神明，都没给他写过保证书。我曾像他所有的朋友一样赞叹他的坚强，却深藏着迷惑：他在想什么，怎样想？

　　可能很简单：他要活下去，他不相信他不能够好起来。从约伯故事的启示中我知道：真正的信心前面，其实是一片空旷，除了希望什么也没有，想要也没有。

　　但是他没能活下去，三年之后的一个早晨，他走了。这是对信心的嘲弄吗？当然不是。信心，既然不需要事先的许诺，自然也就不必有事后的恭维，它的恩惠唯在渡涉苦难的时候可以领受。

/十二/

求神明保佑，可能是人人都会有的心情。"人定胜天"是一句言过其实的鼓励，"人是被抛到这个世界上来的"才是实情。生而为人，终难免苦弱无助，你便是多么英勇无敌，多么厚学博闻，多么风流倜傥，世界还是要以其巨大的神秘置你于无知无能的地位。

有一部电影，《恺撒大帝》。恺撒大帝威名远扬，可谓"几百年才出一个"。其中一个情节：他唯一倾心的女人身患重病，百般医药，千般祈告，终归不治。恺撒，这个意志从未遭遇过抗逆的君主，涕泪横流仰面苍天，一声暴喊："老天哪！把她还给我，恺撒求你了！"那一声喊让人魂惊魄动。他虽然仍不忘记他是恺撒，是帝王，说话一向不打折扣，但他分明是感到了一种比他更强大的力量，他以一生的威严与狂傲去垂首哀求，但是……结果当然简单——剧场灯亮，恺撒时代与电影时代相距千载，英雄美人早都在黑暗的宇宙中灰飞烟灭。

我也曾这样祈求过神明，在地坛的老墙下，双手合十，满心敬畏（其实是满心功利）。但神明不为所动。是呀，恺撒尚且哀告无功，我是谁？古园寂静，你甚至能感到神明在傲慢地看着你，以风的穿流，以云的变幻，以野草和老树的轻响，以天高地远和时间的均匀与漫长……你只有接受这傲慢的逼迫，曾经和现在都要接受，从那悠久的空寂中听出回答。

/十三/

　　有三类神。第一类自吹自擂好说瞎话，声称万能，其实扯淡，大水冲了龙王庙的事并不鲜见。第二类喜欢恶作剧，玩弄偶然性，让人找不着北。比如足球吧，世界杯赛，就是用上最好的大脑和电脑，也从未算准过最后的结局。所以那玩意儿可以大卖彩票。小小一方足球场，满打满算二十几口人，便有无限多的可能性让人料想不及，让人哭，让人笑，让翩翩绅士当众发疯，何况偌大一个人间呢。第三类神，才是博大的仁慈与绝对的完美。仁慈在于，只要你往前走，他总是给路。在神的字典里，行与路共用一种解释。完美呢，则要靠人的残缺来证明，靠人的向美向善的心愿证明。在人的字典里，神与完美共用一种解释。但是，向美向善的路是一条永远也走不完的路，你再怎样走吧，"月亮走我也走"，它也还是可望而不可即。

　　刘小枫先生在他的书里说过这样的意思：人与上帝之间有着永恒的距离。这很要紧。否则，信仰之神一旦变成尘世的权杖，希望的解释权一旦落到哪位强徒手中，就怕要惹祸了。

/十四/

唯一的问题是：向着哪一位神，祈祷？

说瞎话的一位当然不用再理他。

爱好偶然性的一位，有时候倒真是要请他出面保佑。事实上，任何无神论者也都免不了暗地里求他多多关照。但是，既然他喜欢的是偶然性而并不固定是谁，你最好就放明白些，不能一味地指靠他。

第三位才是可以信赖的。他把行与路做同一种解释，就是他保证了与你同在。路的没有尽头，便是他遥遥地总在前面，保佑着希望永不枯竭。他所以不能亲临俗世，在于他要在神界恪尽职守，以展开无限时空与无限的可能，在于他要把完美解释得不落俗套、无与伦比，不至于还俗成某位强人的名号。他总不能为解救某处具体的疾苦，而置那永恒的距离失去看管。所以，北京人王启明执意去纽约寻找天堂，真是难为他了。

/十五/

我寻找他已多年，因而有了一点儿体会：凡许诺实惠的，是第一位；有时取笑你，有时也可能帮你一把的是第二位；第三位则不在空间中，甚至也不在寻常的时间里，他只存在于你眺望他的一刻，在你体会了残缺去投奔完美、带着疑问但并不一定能够找到答案的那条路上。

因而想到，那也应该是文学的地址，诗神之所在，一切写作行为都该仰望的方向。奥斯威辛之后人们对诗产生了怀疑，但正是那样的怀疑吧，使人重新听见诗的消息。那样的怀疑之外，诗，以及一切托名文学的东西，都越来越不足信任。文学的心情一旦顺畅起来，就不大明白为什么一定要有它。说生活是最真实的，这话怎么好像什么也没说呢？大家都生活在生活里，这样的真实如果已经够了，文学干吗？说艺术源于生活，或者说文学也是生活，甚至说它们不要凌驾于生活之上，这些话都不易挑剔到近于浪费。布莱希特的"间离"说才是切中要害。艺术或文学，不要做成生活（哪怕是苦难生活）的侍从或帮腔，要像侦探，从任何流畅的秩序里听见磕磕绊绊的声音，在任何熟悉的地方看出陌生。

/十六/

写《务虚笔记》的时候，我忽然明白：凡我笔下人物的行为或心理，都是我自己也有的，某些已经露面，某些正蛰伏于可能性中伺机而动。所以，那长篇中的人物越来越互相混淆——因我的心路而混淆，又混淆成我的心路：善恶俱在。这不是从技巧出发。我在哪儿？一个人确切地存在于何处？除去你的所作所为，还存在于你的所思所欲之中。于是可以相信：凡你描写他人描写得（或指责他人指责得）准确——所谓一针见血，入木三分，惟妙惟肖——之处，你都可以沿着自己的理解或想象，在自己的心底找到类似的埋藏。真正的理解都难免是设身处地，善如此，恶亦如此，否则就不明白你何以能把别人看得那么透彻。作家绝不要相信自己是天命的教导员，作家应该贡献自己的迷途。读者也一样，在迷途面前都不要把自己洗得太干净，你以什么与之共鸣呢？可有谁一点儿都不体会丑恶所走过的路径吗？

这便是人人都需要忏悔的理由。发现他人之丑恶，等于发现了自己之丑恶的可能，因而是已经需要忏悔的时刻。这似乎有点过分，但其实又适合国情。

/十七/

眼下很有些宗教热的味道，至少宗教一词终于在中国摆脱了贬义，信佛、信道、信基督都可以堂堂正正，本来嘛。但有一个现象倒要深想：与此同时，经常听到的还是"挑战"，向着这个和向着那个，却很少听到"忏悔"。忏悔是要向着自己的。前些天听一位学者说，他在考证"文革"时期的暴力事件时发现，出头做证的只有当年的被打者，却没有打人的人站出来说点儿什么。只有蒙冤的往事，却无抚痛的忏悔，大约就只能是怨恨不断地克隆。缺乏忏悔意识，只好就把惨痛的经验归罪给历史，以为潇洒，以为豁达。好像历史是一只垃圾箱，把些谁也不愿意再沾惹的罪孽封装隐蔽，大家就都可以清洁。

忏悔意识，其实并非只是针对那些"文革"中打过人的人。辉煌的历史倘不是几个英雄所为，惨痛的历史也就不由几个歹徒承办。或许，那些打过人的人中，已知忏悔者倒要多些，至少他们的不敢站出来这一点已经说明了良心的沉重。倒是自以为与那段历史的黑暗无关者，良心总是轻松着——"笑话，我可有什么要忏悔？"但是，你可曾去制止过那些发生在你身边的暴行吗？尤其值得这样设想：要是那时以革命的名义把皮带塞进你手里，你敢于拒绝或敢于抗议的可能性有多大？这样一问，理直气壮的人肯定就会少下去，但轻松着的良心却很多，仍然很多，还在多起来。

/十八/

记得"文革"刚开始时，我曾和一群同学到清华园里去破过"四旧"，一路上春风浩荡落日辉煌，少年们满怀豪情。记不清是到了谁家了，总之是一位"反动学术权威"吧，到了人家的客厅里砸碎几只花瓶，又去人家的卧室里割破了两双尖皮鞋，然后便想不出再要怎样表现一腔忠勇。幸亏那时知识太少，否则就可能亲手毁灭一批文物，可见知识也并不担保善良。正当我们发现了那家主人的发型有阶级异己之嫌，高叫"剪刀何在"时，楼门内外传来了更为革命的呐喊："非红五类不许参加我们的行动！"这样，几个同学留下来继续革命，另几个怏怏离去。我在离去者中。一路上月影清疏晚风忧怨，少年们默然无语，开始注意到命运的全面脸色。

待暴力升级到拳脚与棍棒时，这几个不红不黑的少年已经明确自己的地位，只做旁观了。我不敢反对，也想不好该不该反对，但知不能去反对，反对的效果必如牛反对拖犁和马反对拉车一般。我心里兼着恐惧、迷茫、沮丧，或者还有一些同情。恐惧与同情在于：有个被打的同学不过是因为隐瞒了出身，而我一直担心着自己的出身是否应该再往前推一辈，那样的话，我就正犯着同样的罪行。迷茫呢，说起来要复杂些：原来大家不都是相处得好好的吗，怎么就至于非这样不可？此其一。其二，你说打人不对，可敌人打我们就行，我们就该文质彬彬？伟大的教导可不是这样说的。其三，其实可笑——想想吧，什么是"我们"？我可是"我们"？我可在"我们"之列？我确实感觉到了那儿埋藏着一个怪圈。

/十九/

几年以后我去陕北插队。在山里放牛，青天黄土，崖陡沟深，思想倒可以不受拘束，忽然间就看清了那个把戏：我不是"我们"，我又不想是"他们"，算来我只能是"你们"。"你们"是不可以去打的，但也还不至于就去挨。"你们"是一种候补状态，有希望成为"我们"，但稍不留神也很容易就变成"他们"。这很关键，把越多的人放在这样的候补位置上，"我们"就越具权势，"他们"就越遭孤立，"你们"就越要乖乖的。

这逻辑再行推演就更令人胆寒："你们"若不靠拢"我们"，就是在接近"他们"；"你们"要是不能成为"我们"，"你们"还能总是"你们"？这逻辑贯彻到那副著名的对联里去时，黑色幽默便有了现实的中国版本。记得我站在高喊着那副对联的人群中间，手欲举而又怯，声欲放却忽收，于是手就举到一半，声音发得含含糊糊。"你们"要想是"我们"，"你们"就得承认"你们"是混蛋，但是但是，"你们"既然是混蛋又怎能再是"我们"？那个越要乖乖的位置其实是终身制。

/二十/

我曾亲眼见一个人跳上台去，喊："我就是混蛋！"于是赢来一阵犹豫的掌声。是呀，该不该给一个混蛋喝彩呢？也许可以给一点吧，既然他已经在承认是蛋的一刻孵化成混。不过当时我的心里只有沮丧，感到前途无比暗淡。我想成为"我们"，死也不想是"他们"。所以我现在常想，那时要有人把皮带塞给我，说"现在到了你决定做'我们'还是做'他们'的时候了"，我会怎样？老实说，凭我的胆识，最好的情况也就是把那皮带攥出汗来，举而又怯，但终于不敢不抡下去的——在那一刻孵化成混。

/二十一/

大约就是从那时起，我非常地害怕了"我们"，有"我们"在轰鸣的地方我想都不如绕开走。倒不一定就是怕"我们"所指的那很多人，而是怕"我们"这个词，怕它所发散的符咒般的魔力，这魔力能使人昏头昏脑地渴望被它吞噬，像"肯德基家乡鸡"那样整整齐齐都排成一股味儿。我说过我不喜欢"立场"这个词，也是这个意思。"我们"和"立场"很容易演成魔法，强制个人的情感和思想。

"文革"中的行暴者，无不是被这魔法所害——"我们"要坚定地是"我们"，"你们"要尽力变成"我们"，"我们"干吗？当然是对付"他们"。于是沟堑越挖越深，忠心越表越烈，勇猛而至暴行，理性崩塌，信仰沦为一场热病。

/二十二/

"上山下乡"已经三十年，这件事也可以更镇静地想一想了：对于那场运动，历史将记住什么？"老三届"们的记忆当然丰富，千般风流，万种惆怅，喜怒悲忧都是刻骨铭心。但是你去问吧，问一千个"老三届"，你就会听见一千种心情，你就会对"上山下乡"有一千种印象：豪情与沮丧，责任与失落，苦难与磨炼，忠勇与迷茫，深切怀念与不堪回首，悔与不悔……但历史大概不会记得那么详细，历史只会记住那是一次在"我们"的旗帜下对个人选择的强制。再过三十年，再过一百年，历史越往前走越会删除很多细节，使本质凸现：那是一次信仰的灾难。

并没有谁捆绑着我们去，但"我们"是一条更牢靠的绳子。一声令下，便树立起忠与不忠的标识。我那时倒没有很多革命的准备，也还来不及忧虑前途，既然大家都去，便以为是一次壮大的旅游或者探险，有些兴奋。也有人确是满怀了革命豪情，并且果然大有作为。但这就像包办婚姻，包办婚姻有时也能成全好事，但这种方法之下不顺心的人就多。我记得临行时车站上有很多哭声，绝非"满怀豪情"可以概括。

/二十三/

不过我现在也还是相信，贫困的乡村是需要知识青年的，需要科学，需要文化，需要人才。但不是捆绑的方法，不能把人才强行送过去，强行一旦得逞，信仰难保不是悲剧。很可能，人才被强行送过去的同时，强行本身也送过去了。贫困的乡村若因而成长起几个强徒，那祸害甚至不是科学能够抵挡的。

方法常常比目的还要紧。比如动物园里的狼，关在笼子里，写一块牌子挂上，说这是狼，可谁看了都说像狗。狼不是被饲养的，狼是满山遍野里跑的，把狼关在笼子里一养，世界上就有了狗。

/二十四/

直到有一年，奥运会上传来一阵歌声，遥远却又贴近：我们是世界，我们是孩子……这下才让我恍然而悟"我们"的位置，这个词原来是要这样用的呀，真是简单又漂亮！我迷上奥运会，要紧的原因其实在这儿。飘荡在宇宙中的万千心魂，苍茫之中终见一处光明，"我们是世界，我们是孩子"，于是牵连浮涌，聚去那里，聚去那声音的光照中。那便是皈依吧，不管你叫他什么，佛法还是上帝。

所以，"我们"的位置并不在与"他们"的对立之中，而在与神的对照之时。当然是指第三位神，即尽善尽美所发出的要求，所发出的审问，因而划出了现实的残缺，引导着对原罪的领悟，征求忏悔之心。这是神对人的关切，并没有行贿受贿的逻辑在里面，当然不是获取实惠的方便之门。

/二十五/

灵魂不死，是一个既没有被证实，也没有被证伪的猜想。而且，这猜想只可能被证实，不大可能被证伪。怎样证伪呢？除非灵魂从另一个世界里跳出来告密。

可是，却有一种强大的意志信誓旦旦地宣布：死即是绝对的寂灭，并无灵魂的继续，死了就什么都没了，唯此才是科学，相反的期待全属愚昧，是迷信。相信科学的人竟很少对此存疑，真是咄咄怪事。未被证伪而信其伪，与未被证实而信其实，到底怎么不一样？倘前者是科学，后者怎么就一定愚昧？莫非不能证明其有，便已经是证明其无了？这就更加奇怪，岂不等于是说一切猜想都是愚昧吗？可是，哪一样科学不是由猜想作为引导？

局面似乎不好收拾。首先，人出生了，便迟早要死，迟早会对死后的境况持一种态度。其次，死后无非那两种可能，并无第三类机会。最后，那两种可能无论你相信哪一种，都一样不好意思请科学来撑腰。

/二十六/

但猜想是必要的。猜想的意义并不一定要由证实来支持。相反，猜想支持着希望，支持着信心。一定要把猜想列为迷信，只好说，一律地铲除迷信倒不美妙。活着，不是仅仅有了科学就够。当然，装神弄鬼骗人钱财的，自封神明愚弄百姓的，理应铲除。但其所以要铲除，倒不是看它不科学，是看它不人道。原子弹很科学，也要铲除。一个人，身患绝症，科学已无能给他任何期待，他满心的坚强与泰然可是牵系于什么呢？地球早晚要毁灭，太阳也终于要冷下去，科学尚不知那时人类何去何从，可大家依然满怀豪情地准备活下去，又是靠着什么？靠着信心，靠着对未来并无凭据的猜想和希望。但这就是迷信吗？但这不能铲除。相反，谁要铲除这样的信心，甚或这样的迷信，倒不允许。先哲有言：科学需要证明，信仰并不需要。事实上，我们的前途一向都隐藏在神秘中，但我们从不放弃，不因为科学注定的局限而沮丧。那也就是说，科学并非我们唯一的依赖，甚至不是根本的依赖。

/二十七/

既然人死后，灵魂的有与无同样都拿不到证据（真是一件公平的事啊），又为什么会有泾渭分明的两种信奉，一种宁可信其有，另一种偏要宣布其无呢？依我想，关键在于接下来互不相同的推演。

信其有者的推演是：于是会有地狱，会有天堂，会有末日审判，总之善恶终归要有个结论。这大约就是有神论。不过，有神论对神的态度并不都一致，这是另外的话。

宣布其无者的推演是：当然就没有什么因果报应，没有地狱，没有天堂，也没有末日审判。此属无神论。但无神论也有着对神的描画，否则怎么断定其无呢？且其描画基本一致，即那是一种谁也没见过、也不可能见过，然而却束缚人，甚至威胁着人类自由的东西。"不，那根本是没有的！"

/二十八/

这其实就有点儿问题了：根本没有的东西如何威胁人？根本没有，何至于这么着急上火地说它没有？显然是有点儿什么，不一定有形，但确乎在影响我们。并非看得见摸得着的东西才存在，你能撞见谁的梦吗？或者摸一摸谁的幻想？神，在被猜想之时诞生，在被描画的时候存在，在两种相反的信奉中同样施展其影响。

信其有者，为人的行为找到了终极评判乃至奖惩的可能，因而为人性找到了法律之外的监督。比如说警察照看不到的地方，恶念也有管束。当然，弄不好也会为专制者提供方便，强徒也会祭起神明。

信其无者则为人的为所欲为铺开坦途，看上去像是渴盼已久的自由终于降临，但种种恶念也随之解放，有恃无恐。但这也并不就能预防专制，乱世英雄大权独握，神俗都踩在脚下。

/二十九/

说白了，作恶者更倾向于灵魂的无。死即是一切的结束，恶行便告轻松。于此他们倒似乎勇敢，宁可承担起死后的虚无，但其实这里面掩藏着潜逃的颤栗，即对其所作所为不敢负责。这很像是蒙骗了裁判的犯规者，事后会宽慰有加地告诉你：比赛已经结束，录像并不算数。

人死后灵魂依然存在，是人类高贵的猜想，就像艺术，在科学无言以对的时候，在神秘难以洞穿的方向，以及在法律照顾不周的地方，为自己填写下美的志愿，为自己提出善的要求，为自己许下诚的诺言。

但是恶行出现了。恶行警觉地发现，若让那高贵的猜想包围，形势明显不妙。幸亏灵魂不死难于证实，这不是个好消息吗？恶行于是看中"证实"二字，慌不择路地拉扯上科学——什么好意思不好意思的——向那高贵的猜想发难。但是匆忙中它听差了，灵魂不死的难于证实并不见得对它是个好消息，那只是说，科学在这个问题上持弃权态度。科学明白：灵魂的问题从来就在信仰的领域，"证实"与"证伪"都是外行话。

/三十/

可什么是恶呢？有时候善意会做成坏事，歹念碰巧了竟符合义举。这样的时候善恶可怎么评断，灵魂又据何奖惩？以效果论吗，有法律在，其他标准最好都别插嘴。以动机论吗，可是除了自己，谁又吃得准谁一定是怎么想的？所以，良心的审判，注定的，审判者和被审判者都只能是自己。这就难了，自我的审判以什么做标准呢？除非是信仰！或者你心里早有着一种善恶标准，或者你就得费些思索去寻找它。这标准的高低姑且不论，但必超乎于法律之外，必非他人可以代劳，那是你自己的事，是灵魂独对神的倾诉、忏悔和讨教。这标准碰巧了也可能符合科学，但若不巧，你的烦忧恰恰是科学的盲区呢？便只好在思之所极的空茫处，为自己选择一种正义，树立一份信心。这选择与树立的发生，便可视为神的显现。这便是信仰了，无需实证却可以坚守。

善恶的标准，可以永久地增补、修正，可以像对待幸福那样，做永久的追寻。怕只怕人的心里不设这样的标准，拆除这样的信守，没有这样的法庭也不打算去寻找它，同时快乐地宣扬这才是人性的复归。

/三十一/

不过麻烦并没有完：倘那选择与树立完全由着自己说了算，事情岂不荒唐？岂不等于还是没有标准？岂不等于可以为所欲为、自做神明？一家一面旗，都说自己替天行道，冷战热战于是不亦乐乎，神明与神明的战争并不见得比群殴来得文明。

所以必有一个问题：神到底在哪儿？神到底负责什么事？

所以必有一种回答：神永远不是人，谁也别想冒充他。神拒绝"我们"，并不站在哪一家的战壕里。神，甚至是与所有的人都作对的——他从来都站在监督人性的位置上，逼人的目光永远看着你。在对人性恶的觉察中，在人的忏悔意识里，神显现。在人性去接近完美却发现永无终途的路上，才有神圣的朝拜。

/三十二/

"因果报应"还是靠近着谋略。善行义举，不为今生利禄，但求来世福报，这逻辑总还是疙里疙瘩地与撒旦的思想类似。倘来世未必就有福报呢，善行义举是不是随之就有疑问？那样的话，岂不仍是谋略？说得不好听，有点放长线钓大鱼的意思。这样的谋略潜移默化，很容易成为贿赂的参考——既然可以为来世的福报去阿谀神明，何以不能为今生的利禄去谄媚高官？

/三十三/

我听到过一种劝人为善的教导，说是做人不要怕吃亏，吃亏未尝不是好事。可接下来的逻辑让人迷惑：你今生吃多少亏，来世便得多少福，那个占了你便宜的人呢，来世便有多少苦。再往下听：你不妨多让别人占些便宜去，不要以为这不划算，其实是别人用他的福换走了你的苦。好家伙！原是劝人不要怕吃亏，怎么最后倒赚走了别人的福去？

/三十四/

气功，从一听说它我就相信。截断物欲的追逼，放弃人类的妄自尊大，回到与万物平等的地位，物我两忘，谛听自然神秘的脚步……我相信气功确有科学不可比及的力量。比如在现代医学束手无策的地方创造奇迹，比如在沉思默想中看见生命更深处的奥秘。还有一些听上去更近科学的功法，比如沟通宇宙信息，比如超越三维空间汲取更高级的能量，比如从更微观的世界中脱胎换骨，这些我都倾向于相信。甚至风水、符咒之类，大概也不是全无道理。世界之神秘，是人的智力永难穷尽的，没理由不相信奇迹的存在。

但若以奇迹论神明，就怕那神明还是说瞎话的一位。奇迹能把这人间照顾得周全吗？能改变这"人间戏剧"只留下幸运的角色吗？能使人间只有福乐，不存悲忧吗？要是不能，就算它上天入地擒风缚雨也并没有真正改变人的处境。神明一落到实惠，总难免捉襟见肘力不从心。人间呢，仍要有各类角色，大家还是得分工合作把所有的角色都承担起来。所谓奇迹，大概就像"宝葫芦的秘密"，把别人的好运偷来给你，差别守恒，无非角色调换一下位置拉倒。

/三十五/

看足球就像看人生。或看它是一场圣战，全部热情都在打败异己。或视之为一次信心的锤炼和精神狂欢，场地上演出的是坎坷人生的缩影，看台上唱诵的是对不屈的颂扬，是爱的祈盼。再是说，这火爆的游戏真是荒唐，执迷不悟，如痴如癫压根儿是一场错误，何如及早抽身脱离红尘，去投奔无苦无忧的极乐之地？

第三种态度常令我暗自踌躇。越是接近人生的终点，越是要想：这人间真的可爱吗？说可爱，太过简单，简单得像一句没有内容的套话，其实人人心底都有一幅更美好的图景。就连科学也已经看见，人的自命不凡已经把这个星球搞得多么乌烟瘴气，贪婪鼓舞着贪婪，纷争繁衍着纷争，说不定哪天冒出个狂人，一场细菌大战，人间戏剧忽然收场。也许人间真的是一场错误？也许，在某一种时空中真的存在着极乐？人是这样的渺小无知，人的智识之外，宇宙的神秘浩瀚无边，为什么肯定没有那样的地方？人不知其所在罢了，人却可能在来生去投靠它。这真是多么迷人的图景！于是正有很多这样的理想流行，天上人间，美妙超过以往的种种主义，种种法门汇成一句话：到那儿去吧，这儿已经无可留恋，这儿已是残山剩水，那儿才是你的梦中天堂。信与不信，常让我暗自踌躇。

/三十六/

单说遏制人类的贪婪吧，乐观的理由就少，悲观的根据越来越多。森林消失，草原沙化，河流干涸，海洋污染，天上破着个大窟窿而且越来越大，但人类还在热火朝天地敲榨和掠夺。这差不多已经成了习惯，真能遏制吗？令人怀疑。比如我，下了好大决心，也只抗拒了羊绒衫的诱惑——据说那东西破坏植被，但更多的诱惑只在理论上抗拒。人类也真是发明了很多好玩意儿，空调、汽车、飞机、化肥、农药、电脑……丰富得超过有用的商品、新奇得等于屠杀的美味、舒适得近似残废的生活……人能齐心协力放弃这样的舒适吗？还是让人怀疑。就算有九十九个人愿意放弃，但剩下一个人坚持，舒适的魔力就要扩散，就会有二、三、四、五、六……个人出来继承和发扬。

常能读到一些"现代主义"或者"后现代主义"的精彩理论，赞叹之余一走神儿，看见生活自有其不要命的步伐。魔法一旦把人套住，大概就只有"一直往前走，不要朝两边看"了。

/三十七/

设想有一处不同于人间的极乐之地，不该受到非难。但问题是，谁能洞开通向那儿的神秘之门？

这就又惹动了争夺。大师林立，功法纷纭，其实都说着同一句话：跟随我吧。到底应该跟随谁呢？这神秘的权力究竟是谁掌握着？无从分辨。似乎就看谁许下的福乐更彻底了。

既已许下福乐，便不愁没人着迷，于是又一场蜂拥，以当年眺望"主义"的热情去眺望另一维时空了——原来天堂并不在咱这地界，以往真是瞎忙。于是调离苦难的心情愈加急迫，然而天堂的门票像是有限，怎么办？那就只好谁先觉悟谁先去吧，至于那些拿不到门票的人嘛，实在是他们自己慧根不够、福缘浅薄，又怨得哪一个？

闹来闹去这逻辑其实又熟悉：为富不仁者对穷人不是也这么说吗——你自己无能，又怨得谁个？这逻辑也许并不都错，但这漠然无爱的境界不正是人间凶险的首要？记得佛门有一句伟大教诲：一人未得度，众生都未得度。佛祖有一句感人的誓言：我不下地狱谁下地狱？怎么到了一些自命的佛徒那里，竟变得与福利分房相似？——房源（或者福运）有限，机不可失，大家各显神通吧。

/三十八/

因此我大大地迷惑：就算那极乐之地确凿，就算我们来生确实有望被天堂接纳，但那可是凭着"先天下之乐而乐"的心情就能够去的吗？倘天堂之门也是偏袒着争抢之下的强者，天堂与人间可还有什么两样？好吧，退一步想，就算争抢着去的也就去了，但这漠然无爱的心情被带去天堂，天堂还会永远无忧吗？争抢的欲望，不会把那儿也搅得"群雄并起，天上大乱"？

所以我宁可还是相信，所谓天堂即是人的仰望，仰望使我们洗去污浊。所谓另一维时空，其实是指精神的一维，这一维并不与人间隔绝，而是与我们所在的这个世界重叠融会。

神秘的力量，毫无疑问是存在的。神秘，存在于冥冥之中。这其实很好，恰为人间的梦想与完善铺筑起无限的前途。但是，这无限既由神秘所辖，便不容凡人染指。原因简单：有限的凡人怎么可能通晓无限的神秘？神秘的商标一旦由凡人注册，就最值得大众担心——他掌握着神秘的权力啊，有什么疑问还敢跟他讨论？有什么不同意见还敢跟他较真儿？岂不又是"理解的执行，不理解的也要执行"了吗？

/三十九/

如果奇迹并不能改变这"人间戏剧"，苦难守恒，幸运之神无非做些调换角色的工作，众生还能求助于什么呢？只有相互携手，只有求助于爱吧。

这样说，明显已经迂腐，再要问爱是什么，更要惹得潇洒笑话。比如说爱情，潇洒曾屡次告诫过我们了：其实没有。有婚姻，有性欲，有搭伙过日子，哪有什么爱情？这又让迂腐糊涂：你到底是说什么没有，什么？迂腐真是给潇洒添乱——你要是说不出没有的是什么，你怎么断定它没有？你要是说出没有了什么，什么就已经有了。爱情本来是一种心愿，不能到街上看看就说没有。而没有这份心愿的人也不会说它没有，他们觉得婚姻和性欲已经就是了。

所以，"爱的奉献"这句话也不算很通顺。能够捐资，捐物，捐躯，可心愿是能够捐的吗？爱如果是你的心愿，爱已经使你受益，无论如何用不上大义凛然。

/四十/

在街市上我见过两只狗，隔着熙攘的人群，远远地它们已经互相发现，互相呼唤，眉目传情。待主人手上的绳索一松，它们就一个从东一个从西，钻过千百条人腿飞奔到一起，那样子就像电影中久别的情人一朝重逢，或历尽劫波的夫妻终于团聚。它们亲亲密密地偎依，耳鬓厮磨，窃窃地说些狗话。然后时候到了，主人喊了，主人"重利轻别离"，它们呢，仍旧情意缠绵，觉得时间怎么忽然走得这样快？主人过来抓住绳索，拍拍它们的脑门儿，告诉它们：你们是狗啊，要本分，要把你们的爱献给某一处三居室。它们于是各奔东西，"孔雀东南飞，五里一徘徊"，消失在人海苍茫之中，而且互相不知道地址。

我常想，这两只狗一定知道它们怀念的是什么，虽然它们说不出，抑或只因为我们听不懂。不过可以猜想：只身活在异类当中，周围全是语言难通的两足动物，孤独还能教它们怀念什么呢？只是我未及注意它们的性别，不知那是否仅仅出于性欲。

/四十一/

　　不管怎么说，给爱下定义是要惹上帝发笑的。不如先绕开它，换个角度，这样问：什么时候，你第一次感到了爱？或者是在什么样的时候，你感到了需要爱？

　　我常回想那是在什么时候？什么样的时候？

　　那大约要追溯到上小学的时候，有个女孩儿，与我同年，她长得漂亮吗？但是我的目光总被她吸引，只要她在，我的注意力就总是去围绕她。最初发现她是在一次"六一"儿童节的庆祝会上，她朗诵一首诗，关于一个穷苦的黑人孩子的诗……会场中先还有些喧闹，但忽然喧闹声沉落下去，只剩下她的声音在会场中飘荡，清纯、稚气，但却微微地哽咽，灯光全部聚向她时，我看见她的眼边有泪光……从那以后我总想去接近她，但又总是远远地看她并不敢走去近前，甚至跟她说话也有自惭形秽之感，甚至连她的住处也让我想象迭出觉得神圣不可及。这是爱吗，爱的萌动？但这与性有多少关系呢？那女孩儿，现在想来真的不能算漂亮，身上一点女人的迹象也还没有。是什么触动了我呢？

/四十二/

　　如果那一次触动中其实有着懵懂的性因素，可同样的触动也曾来自一个男孩儿，他住在一座不同寻常的房子里，我在《务虚笔记》中写过那座房子。在《务虚笔记》中我借助对一个女孩儿的眺望，写过，我怎样走进了那座漂亮的房子，看见了里面的生活。那是一座在我当时看去不可思议的房子，和一种我想象不到的生活，在《务虚笔记》中我写到了我当时的感受。在走不尽的灰暗小街的缠缠绕绕之中，在寂寞的冬天的早晨，朦胧的阳光之下，那座房子明朗、清洁、幽静，仿佛置身世外。那里面的布设和主人们的举止，都高雅得让我惊诧，让我羡慕，让一个欲念初萌的孩子从头到脚弥漫开沉沉的自卑。我很快就感觉到了一种冷淡，和冷淡的威胁。不错，是自卑，我永远都看见那一刻，那一刻永不磨灭。那儿的人是否傲慢地说了什么并不重要，重要的是那自卑与生俱来，重要的是那冷淡的威胁其实是由自卑构筑，即使那儿的人没有任何傲慢的表示我也早就想逃跑了。《务虚笔记》中写的是：我想回家。我跑出了那座美丽的房子，我走在回家的路上，但是家——那一向等待着我的温暖之中，忽然掺进了一缕黯然。家，由于另一种生活的衬照，由于冷淡的威胁，竟也变得孤独堪怜。在《务虚笔记》中，我借助于画家 Z 的形象去看过我自己那时的心情……

/四十三/

自卑，历来送给人间两样东西：爱的期盼，与怨愤的积累。

我想，画家Z曾经得到的是后一种。我呢？我之所以能够想象他，想象他就是在那次回家的路上走进了怨愤，料必因为Z是我的一部分，至少曾经是这样。要征服那冷淡，要以某种姿态抵挡乃至压倒那冷淡的威胁，自卑于是积累起怨愤，怨愤再加倍地繁衍自卑——这就是画家Z。相反，若是梦想着世间不再有那样的冷淡，梦想着，被那冷淡雕铸的怨愤终于消散，所有失望过和傲慢过的心灵都能够相互贴近，那就是爱的期盼。甚至纯真的心从不多看那冷淡一眼，唯热盼着与另外的心灵沟通，不屈不挠地等待，走遍一生去寻找，那就是爱的路程。在《务虚笔记》中，我借助诗人L、女教师O和F医生的身影，走进这样的梦想，借助于对他们的理解看见了我的另一种心情。

这两种心情似乎都是与生俱来，盘根错节同时都在我心里，此起彼伏，铺设成我的心路。别人也都是这样吗？我只知道，兼具这两种心情的我才是真实的我。我站在Z的脚印上，翘望L、O和F的方向。我体会着Z的自卑，而神往于L、O和F痴心不改的步伐。而且，越是Z的消息沉重，越是L、O和F的消息明媚动人。我知道了，爱，原就是自卑弃暗投明的时刻。自卑，或者在自卑的洞穴里步步深陷，或者转身，在爱的路途上迎候解放。

/四十四/

不过自卑，也许开始得还要早些。开始于你第一次走出家门的时候。开始于你第一次步入人群，分辨出了自己和别人的时候。开始于你离开母亲的偏袒和保护，独自面对他者的时候。开始于这样的时候：你的意识醒来了，看见自己被局限在一个小小的躯体中，而在自己之外世界是如此巨大，人群是如此庞杂，自己仿佛囚徒。开始于这样的时候：在这纷纭的人间，自己简直无足轻重，而这一切纷纭又都在你的欲望里，自己二字是如此不可逃脱，不能轻弃。开始于这样的时候：你想走出这小小躯体的囚禁，走向别人，盼望着生命在那儿得到回应，心魂从那儿连接进无比巨大的存在，无限的时间因而不再是无限的冷漠……但是，别人也有这样的愿望吗？在墙壁的那边，在表情后面，在语言深处，别人，到底都是什么？对此你毫无把握。但囚徒们并不见得都想越狱出监，囚徒中也会有告密者，轻蔑、猜疑和误解加固着牢笼的坚壁，你热烈的心愿前途未卜，而一旦这心愿陷落，生命将是多么孤苦无望，多么索然无味，荒诞不经。我能记起很多次这样的经历。从幼年一直到现在，我有过很多次失望——可能我也让别人有过这类失望——很多次深刻的失望其实都可以叫作失恋，无论性别，因为在那之前的热盼正都是爱的情感：等待着他人的到来，等待着另外的心魂，等待着自由的团聚。虽因年幼，这热盼曾经懵然不知何名，但当有一天，爱的消息传来，我立刻认出那就是它，毫无疑问一直都是它。

/四十五/

爱这个字，颇多歧义。母爱、父爱等等，说的多半是爱护。"爱牙日"也是说爱护。爱长辈，说的是尊敬，或者还有一点威吓之下的屈从。爱百姓，还是爱护，这算好的，不好时里面的意思就多了。爱哭，爱睡，爱流鼻涕，是说容易、控制不住。爱玩，爱笑，爱桑拿，爱汽车，说的是喜欢。"爱怎么着就怎么着"，是想的意思，随便你。"你爱死不死"，也是说请便，不过已经是恨了。

爱，与喜欢混淆得最严重。"我爱你"，可能是表达着一次真正的爱情，也可能只是好色之徒的口头禅，还可能是各有所图的一回交易。喜欢，好东西谁不喜欢？快乐的事谁不喜欢？没有理由谴责喜欢，但喜欢与爱的情感不同。爱的情感包括喜欢，包括爱护、尊敬和控制不住，除此之外还有最紧要的一项：敞开。互相敞开心魂，为爱所独具。这样的敞开，并不以性别为牵制，所谓推心置腹，所谓知己，所谓同心携手，是同性之间和异性之间都有的期待，是孤独的个人天定的倾向，是纷纭的人间贯穿始终的诱惑。

/四十六/

　　所以爱是一种心愿，不在街上和衣兜里，也不在储蓄所。睁着俩眼向外找，可以找到救济（包括性方面的救济），仅此而已。

　　爱却艰难，心魂的敞开甚至危险。他人也许正是你的地狱，那儿有心灵的伤疤结成的铠甲，有防御的目光铸成的刀剑，有语言排布的迷宫，有笑靥掩蔽的陷阱。在那后面，当然，仍有孤独的心在颤栗，仍有未息的对沟通的渴盼。你还是要去吗？不甘就范？那你可要谨慎，以孤胆去赌——他人即天堂，甚至以痛苦去偿你平生的夙愿。爱不比性的地方正在这里，性唯快乐，爱可没那么轻松。潇洒者早有警告：哥们儿你累不累？

/四十七/

　　爱情所以选中性作为表达，作为仪式，正是因为，性，以其极端的遮蔽状态和极端的敞开形式，符合了爱的要求。极端的遮蔽和极端的敞开，只要能表达这一点，不是性也可以，但恰恰是它，性于是走进爱的领地。没有什么比性更能体现这两种极端了，爱情所以看中它，正是要以心魂的敞开去敲碎心魂的遮蔽，爱情找到了它就像艺术家终于找到了一种形式，以期梦想可以清晰，可以确凿，可以不忘，尽管人生转眼即是百年。

但也正因为这样，性可以很方便地冒充爱情，正像满街假冒艺术的雕塑还少吗？如果仪式之后没有内容，如果敞开的只是肉体，肌肤相依而心魂依然森严壁垒，那最多不过还是"喜欢"和"控制不住"。（假冒的仪式越来越多，比如种种的宣誓，种种隆重的典礼和剪彩，比如荒诞可以成为时尚，真诚可以用作包装……）其实好色倒也是人情之常。红灯区如同公厕，利于卫生。只是这样无可厚非下去似乎文不对题——在美妙的肉体唾手可得的年代，心灵的孤独怎样了？爱怎样了？以及，性又随之怎样了呢？

性冷漠据说在蔓延，越是性解放的地方，性越是失去着激情。是性不应该解放吗？不，总把性压迫在罪恶的阴影下是要出事的。但也不宜被解放到无根无据的地步，倘其像吐痰一样毫无弦外之音，爱凭什么偏要对它情有独钟，偏要向它注入奔涌不息的能量呢？

/四十八/

爱之永恒的能量，在于人之间永恒的隔膜。爱之永远的激越，由于每一个"我"都是孤独。人不仅是被抛到这个世界上来的，而且是一个个分开着被抛来的。

在上帝那儿，在灵魂被囚进肉体之前，"一生二，二生三，三生万物"之初，并无我、你、他之分别，巨大的存在之消息浑然一体，无分彼此内外，浮摇漫展无所不在。然后人间诞生了，人间诞生了其实就是有限诞生了。巨大的存在之消息被分割进亿万个小小的肉体，小小的囚笼，亿万种欲望拥挤摩擦，相互冲突又相互吸引，纵横交错成为人间，总有一些在默默运转，总有一些在高声喊叫，总有一些黯然失色随波逐浪，总有一些光芒万丈彪炳风流，总有弱中弱，总有王中王——不管是以什么方式，不管是以什么标牌，不管是以刀枪、金钱还是话语……总归一样。尼采说对了：权力意志。所有的种子都想发芽，所有的萌芽都想长大，所有的思绪都要漫展，没有办法的事。把弱者都聚拢到一块儿去平安吧，弱者中会浮涌出强人。把强人都归堆到一块儿去平等呢，强人中会沉淀出弱者。把人一个个地都隔离开怎么样？又群起而不干。小时候，我们几个堂兄弟之间经常打架，奶奶就嚷："放在一块儿就打，分开一会儿又想！"奶奶看得明白，就这么回事。

/四十九/

说真的，我不大相信"话语霸权"之类的东西可能消灭，就像我也不大相信可以消灭人的贪婪。但消灭霸权和贪婪正在成为人的愿望，这就好，就像爱情，要紧的是心愿。我怀疑上帝是不是闷了，寂寞得不行，所以摆布一场反反复复的游戏？别管上帝的事吧。人呢，就像我和我的堂兄弟们一样，要紧的是相互想念，虽然打架。那巨大的存在之消息，因分割而冲突，因冲突而防备，因防备而疏离，疏离而至孤独，孤独于是渴望着相互敞开——这便是爱之不断的根源。

敞开，不是性的专利，性是受了爱的恩宠，所以生气勃勃。如果性已经冷漠，已经疲倦，已经泛滥到失去了倾诉的能力，那就让它仅仅去负责繁殖和潇洒。敞开，可以找到另外的仪式和路径，比如艺术，比如诗歌，比如戏剧和文学。不过文学这个词并不美妙，并不恰切，不如是写作，不如是倾诉和倾听，不如是梦幻、是神游。因为那从来就不是什么学问，本不该有什么规范，本不该去符合什么学理，本不必求取公认，那是天地间最自由的一片思绪呀，是有限的时空中响彻的无限呼唤。为此上帝也看重它，给它风采，给它浪漫，给它鬼魅与神奇，给它虚构的权力去敲碎现实的呆板，给它荒诞的逻辑以冲出这个既定的人间，总之给它一种机会，重归那巨大的存在之消息，浩浩荡荡万千心魂重新浑然一体，赢得上帝的游戏，破译上帝以斯芬克斯的名义设下的谜语。

/五十/

但这是可能的吗？迫使上帝放弃他的游戏，可能吗？放弃分割，放弃角色们的差异，让上帝结束他非凡的戏剧，这可能吗？那么喜欢热闹的上帝，又是那么精力旺盛、神通广大，让他重新回到无边的寂寞中去，他能干？要是他干，他曾经也就不必创造这个人间。喜好清静如佛者，也难免情系人间。我还是不能想象人人都成了佛的图景，人人都是一样，岂不万籁俱寂？人人都已圆满，生命再要投奔何方？那便连佛也不能有。佛乃觉悟，是一种思绪。一团圆满一片死寂，思之安附，悟从何来？所以有"烦恼即菩提"的箴言。

人间总是喧嚣，因而佛陀领导清静。人间总有污浊，所以上帝主张清洁。那是一条路啊！皈依无处。皈依并不在一个处所，皈依是在路上。分割的消息要重新联通，隔离的心魂要重新聚合，这样的路上才有天堂。这样的天堂有一个好处：不能争抢。你要去吗？好，上路就是。要上路吗？好，争抢无效，唯以爱的步伐。任何天堂的许诺，若非在路上，都难免刺激起争抢的欲望。不管是在九天之外，或是在异元时空，任何所谓天堂只要是许诺可以一劳永逸地到达，通向那儿的路上都会拥挤着贪婪。天堂是一条路，这就好了，永远是爱的步伐，又不担心会到达无穷的寂寞。上帝想必是早就看穿了这一点，所以把他的游戏摆弄个没完。佛陀谙熟此道，所以思之无极。谢天谢地，皈依是一种心情，一种行走的姿态。

/五十一/

爱是软弱的时刻，是求助于他者的心情，不是求助于他者的施予，是求助于他者的参加。爱，即分割之下的残缺向他者呼吁完整，或者竟是，向地狱要求天堂。爱所以艰难，常常落入窘境。

所以"爱的奉献"这句话奇怪。左腿怎么能送给右腿一个完整呢？只能是两条腿一起完整。此地狱怎么能向彼地狱奉献一个天堂呢？地狱的相互敞开，才可能朝向天堂。性可以奉献，爱却不能。爱就像语言，闻者不闻，言者还是哑巴。甘心于隔离地活着，唯爱和语言不需要。爱和语言意图一致——让智识走向心魂深处，让深处的孤独与惶然相互沟通，让冷漠的宇宙充满热情，让无限的神秘暴露无限的意义。巴别塔虽不成功，语言仍朝着通天的方向建造。这不是能够嘲笑的，连上帝也不能。人的处境是隔离，人的愿望是沟通，这两样都写在了上帝的剧本里。

/五十二/

可这有什么用吗？通常的嘲笑和迷惑就在这里：人不可能永生，这一切又有什么用呢？爱有什么用？心魂的敞开有什么用？热情又有什么用呢？但，什么是有用？若仅仅做一种活物，衣食住行之外其实什么都可以取消。然而，乖张如人者偏不安守这样的地位，好事如上帝者偏不允许这样的寂寞，无限膨胀的宇宙偏偏孕育出一种不衰的热情。先哲有言："人是一堆无用的热情。"人即热情，这热情并不派什么别的用场。人就是飘荡在宇宙中的热情消息，就是这宇宙之热情的体现，或者，唯宇宙之热情称为人。若问"热情何用"，等于是问"人何用"，等于问"宇宙何用""无用何用"。从必死的角度看，衣食住行又有何用？不如早早结束这一场荒诞。说人就是为了活着，也对，衣食住行是为了活着，梦想也是，倘发狠去死，一切真都是何必？但是，说人只是为了活着，意思就大不一样，丰衣足食地关在监狱里如何？

/五十三/

但是死，那么容易吗？我是说，谁能让"无用的热情"死去？谁能让宇宙的热情的消息飘散？谁能用一瓶安眠药让世界永远睡去？

宇宙这只花瓶是一只打不烂的魔瓶，它总能够自我修复，保持完整，热情此消彼长永不衰减。人间这出戏剧是只杀不死的九头鸟，一代代角色隐退，又一代代角色登台，仍然七情六欲，仍然悲欢离合，仍然是探索而至神秘、欲知而终于知不知，各种消息都在流传，万古不废。

/五十四/

这也许荒诞。荒诞如果难逃，哀叹荒诞岂不更是荒诞！荒诞如果难逃，自然而然会有一种猜想：或许这人间真的不过是一座炼狱？我们是来服刑的，我们是来反省和锻炼的，是来接受再教育的（改造客观世界的同时改造主观世界）。下放与下凡异曲同工。迷信和神话中常有这类说法：天神有罪，被遣人间，譬如猪八戒。天神何罪？多半都是"天蓬元帅"一般受了红尘的引诱。好吧，你就去红尘走一遭，在肉体的牢笼中再加深一回对苦难的理解。贾宝玉和孙悟空这一对女娲的弃物，也都是走了这条路，不过比八戒多着自愿的成分。

这样的猜想让人长舒一口气，仿佛西绪福斯的路终于可以有头，终有一天可以放假回家万事大吉，但细想这未必美妙，彻底的圆满只不过是彻底的无路可走。

/五十五/

经过电子游戏厅，看见痴迷又疲惫的玩客，仿佛是见了人间的模型。变幻莫测的游戏是红尘的引诱，一台台电脑即姓名各异的肉身。你去品尝红尘，要先具肉身——哪一样快乐不是经由它传递？带上足够的本金去吧，让欲望把定一台电脑，灵魂就算附体了，你就算是投了胎，五光十色的屏幕一亮你已经落生人间。孩子们哭闹着想进游戏厅，多像一块块假宝玉要去做"红楼梦"。欲望一头扎进电脑，多像灵魂钻进了肉身？按动键盘吧，学会入世的规矩。熟练指法吧，摸清谋生的门道。谢谢电脑，这奇妙的肉身为实现欲望接通了种种机会——你想做英雄吗？这儿有战争。想当领袖吗？这儿有社会。想成为智者？好，这儿有迷宫。要发财这儿有银行可抢。要拈花惹草这儿有些黄色的东西您看够不够？要赌博？咳呀那还用说，这儿的一切都是赌博。

你玩得如醉如痴，噼里啪啦到噼里啪啦，到本金告罄，到游戏厅打烊，到老眼昏花，直到游戏日新月异踏过你残老的身体，这时似乎才想起点别的什么。什么呢？好像与快乐的必然结束有关。

荒诞感袭来是件好事，省得说"瞎问那么多有什么用"。其实应该祝愿潇洒从头至尾都不遭遇荒诞的盘查，可这事谁也做不了主，荒诞并非没有疏漏，但并不单单放过潇洒。而且你不能拒绝它：拒绝盘查，实际已经被盘查。

/五十六/

怕死的心理各式各样。作恶者怕地狱当真。行善者怕天堂有诈。潇洒担心万一来世运气不好，潇洒何以为继？英雄豪杰，照理说早都置生死于度外，可一想到宏图伟业忽而回零，心情也不好。总而言之，死之可怕，是因为毕竟谁也摸不清死要把我们带去哪儿。

然而人什么都可能躲过，唯死不可逃脱。

可话说回来，天地间的热情岂能寂灭？上帝的游戏哪有终止？宇宙膨胀不歇，轰轰烈烈的消息总要传达。人便是这生生不息的传达，便是这热情的载体，便是残缺朝向圆满的迁徙，便是圆满不可抵达的困惑和与之同来的思与悟，便是这永无终途的欲望。所以一切尘世之名都可以磨灭，而"我"不死。

/五十七/

"我"在哪儿？在一个个躯体里，在与他人的交流里，在对世界的思考与梦想里，在对一棵小草的察看和对神秘的猜想里，在对过去的回忆、对未来的眺望、在终于不能不与神的交谈之中。

正如浪与水。我写过：浪是水，浪消失了，水还在。浪是水的形式，水的消息，是水的欲望和表达。浪活着，是水，浪死了，还是水。水是浪的根据，浪的归宿，水是浪的无穷与永恒。

　　所有的消息都在流传，各种各样的角色一个不少，唯时代的装束不同，尘世的姓名有变。每一个人都是一种消息的传达与继续，所有的消息连接起来，便是历史，便是宇宙不灭的热情。一个人就像一个脑细胞，沟通起来就有了思想，储存起来就有了传统。在这人间的图书馆或信息库里，所有的消息都死过，所有的消息都活着，往日在等待另一些"我"来继续，那样便有了未来。死不过是某一个信号的中断，它"轻轻地走"，正如它还会"轻轻地来"。更换一台机器吧——有时候不得不这样，但把消息拷贝下来，重新安装进新的生命，继续，和继续的继续。

病隙碎笔 2

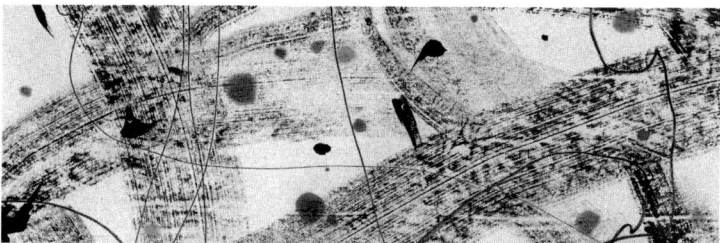

人可以走向天堂，不可以走到天堂。走向，意味着彼岸的成立。走到，岂非彼岸的消失？彼岸的消失即信仰的终结、拯救的放弃。因而天堂不是一处空间，不是一种物质性存在，而是道路，是精神的恒途。

/一/

　　我是史铁生——很小的时候我就觉得这话有点怪，好像我除了是我还可以是别的什么。这感觉一直不能消灭，独处时尤为挥之不去，终于想懂：史铁生是别人眼中的我，我并非全是史铁生。

　　多数情况下，我被史铁生减化和美化着。减化在所难免。美化或出于他人的善意，或出于我的伪装，还可能出于某种文体的积习——中国人喜爱赞歌。因而史铁生以外，还有着更为丰富、更为浑沌的我。这样的我，连我也常看他是个谜团。我肯定他在，但要把他全部捉拿归案却非易事。总之，他远非坐在轮椅上、边缘清晰齐整的那一个中年男人。白昼有一种魔力，常使人为了一个姓名的牵挂而拘谨、犹豫，甚至于慌不择路。一俟白昼的魔法遁去，夜的自由到来，姓名脱落为一张扁平的画皮，剩下的东西才渐渐与我重合，虽似朦胧缥缈了，却真实起来。这无论对于独处，还是对于写作，都是必要的心理环境。

/二/

我的第一位堂兄出生时，有位粗通阴阳的亲戚算得这一年五行缺铁，所以史家这一辈男性的名中都跟着有了一个"铁"字。堂兄弟们现在都活得健康，唯我七病八歪终于还是缺铁，每日口服针注，勉强保持住铁的入耗平衡。好在"铁"之后父母为我选择了"生"字，当初一定也未经意，现在看看倒像是我屡病不死的保佑。

此名俗极，全中国的"铁生"怕没有几十万？笔墨谋生之后，有了再取个雅名的机会，但想想，单一副雅皮倒怕不伦不类，内里是什么终归还是什么，多一事不如少一事。有个老同学对我说过：初闻此名未见此人时，料"铁生"者必赤膊秃头。我问他，可曾认得一个这样的铁生？不，他说这想象毫无根据煞是离奇。我却明白：赤膊秃头是粗鲁和愚顽常有的形象。我当时心就一惊：至少让他说对一半！粗鲁若嫌不足，愚顽是一定不折不扣的。一惊之时尚在年少，不敢说已有自知之明，但潜意识不受束缚，一针见血什么都看得清楚。

/三/

铁,一种浑然未炼之物。隔了四十八年回头看去,这铁生真是把人性中可能的愚顽都备齐了来的,贪、嗔、痴一样不少,骨子里的蛮横并怯懦,好虚荣,要面子,以及不懂装懂,因而有时就难免狡猾,如是之类随便点上几样不怕他会没有。

不过这一个铁生,最根本的性质我看是两条,一为自卑(怕),二为欲念横生(要)。谁先谁后似不分明,细想,还是要在前面,要而唯恐不得,怕便深重。譬如,想得到某女之青睐,却担心没有相应的本事,自卑即从中来。当然,此一铁生并不早熟到一落生就专注了异性,但确乎一睁眼就看见了异己。他想要一棵树的影子,要不到手。他想要母亲永不离开,却遭到断喝。他希望众人都对他喝彩,但众人视他为一粒尘埃。我看着史铁生幼时的照片,常于心底酿出一股冷笑:将来有他的罪受。

/四/

说真的他不能算笨,有着上等的理解力和下等的记忆力(评价电脑的优劣通常也是看这两项指标),这样综合起来,他的智商正是中等——我保证没有低估，也不想夸大。

记忆力低下可能与他是喝豆浆而非喝牛奶长大的有关。我小时候不仅喝不起很多牛奶，而且不爱喝牛奶，牛奶好不容易买来了可我偏要喝豆浆。卖豆浆的是个麻子老头，他表示过喜欢我。倘所有的孩子都像我一样爱喝豆浆，我想那老头一定更要喜欢。

说不定记忆力不好的孩子长大了适合写一点小说和散文之类。倒不是说他一定就写得好，而是说，干别的大半更糟。记忆力不好的孩子偏要学数学，学化学，学外语，肯定是自找没趣，这跟偏要喝豆浆不一样。幸好，写小说写散文并不严格地要求记忆，记忆模糊着倒赢得印象、气氛、直觉、梦想和寻觅，于是乎利于虚构，利于神游，缺点是也利于胡说白道。

/五/

散文是什么？我的意见是：没法说它是什么，只可能说它不是什么。因此它存在于一切有定论的事物之外，准确说，是存在于一切事物的定论之外。在白昼筹谋已定的种种规则笼罩不到的地方，若仍漂泊着一些无家可归的思绪，那大半就是散文了——写出来是，不写出来也是。但它不是收容所，它一旦被收容成某种规范，它便是什么了。可它的本色在于不是什么，就是说它从不停留，唯行走是其家园。它终于走到哪儿去谁也说不清。我甚至有个近乎促狭的意见：一篇文章，如果你认不出它是什么（文体），它就是散文。譬如你有些文思，不知该把它弄成史诗还是做成广告，你就把它写成散文。可是，倘有一天，人们夸奖你写的是纯正的散文，那你可要小心，它恐怕是又走进某种定论之内了。

小说呢？依我看小说走到今天，只比散文更多着虚构。

/六/

我其实未必合适当作家，只不过命运把我弄到这一条（近似的）路上来了。左右苍茫时，总也得有条路走，这路又不能再用腿去蹚，便用笔去找。而这样的找，后来发现利于此一铁生，利于世间一颗最为躁动的心走向宁静。

我的写作因此与文学关系疏浅，或者竟是无关也可能。我只是走得不明不白，不由得唠叨；走得孤单寂寞，四下里张望；走得触目惊心，便向着不知所终的方向祈祷。我仅仅算一个写作者吧，与任何"学"都不沾边。学，是挺讲究的东西，尤其需要公认。数学、哲学、美学，还有文学，都不是打打闹闹的事。写作不然，没那么多规矩，痴人说梦也可，捕风捉影也行，满腹狐疑终无所归都能算数。当然，文责自负。

/七/

写作救了史铁生和我，要不这辈子干什么去呢？当然也可以干点别的，比如画彩蛋，我画过，实在是不喜欢。我喜欢体育，喜欢足球、篮球、田径、爬山，喜欢到荒野里去看看野兽，但这对于史铁生都已不可能。写作为生是一件被逼无奈的事。开始时我这样劝他：你死也就死了，你写也就写了，你就走一步说一步吧。这样，居然挣到了一些钱，还有了一点名声。这个愚顽的铁生，从未纯洁到不喜欢这两样东西，况且钱可以供养"沉重的肉身"，名则用以支持住孱弱的虚荣。待他孱弱的心渐渐强壮了些的时候，我确实看见了名的荒唐一面，不过也别过河拆桥，我记得在我们最绝望的时候它伸出过善良的手。

我的写作说到底是为谋生。但分出几个层面，先为衣食住行，然后不够了，看见价值和虚荣，然后又不够了，却看见荒唐。荒唐就够了吗？所以被送上这不见终点的路。

/八/

史铁生和我，最大的缺点是有时候不由得撒谎。好在我们还有一个最大的优点：诚实。这不矛盾。我们从不同时撒谎。我撒谎的时候他会悄悄地在我心上拧一把，他撒谎的时候我也以相似的方式通知他。我们都不是不撒谎的人。我们都不是没有撒过谎的人。我们都不是能够保证不再撒谎的人。但我们都会因为对方的撒谎而恼怒，因为对方的指责而羞愧。恼怒和羞愧，有时弄得我们寝食难安，半夜起来互相埋怨。

公开的诚实当然最好，但这对于我们，眼下还难做到。那就退而求其次——保持私下的诚实，这样至少可以把自己看得清楚。把自己看看清楚也许是首要的。但是，真能把自己看清楚吗？至少我们有此强烈的愿望。我是谁？以及史铁生到底何物？一直是我们所关注的。

公开的诚实为什么困难？史铁生和我之间的诚实何以要容易些？我们一致相信，这里面肯定有着曲折并有趣的逻辑。

/九/

一个欲望横生如史铁生者，适合由命运给他些打击，比如截瘫，比如尿毒症，还有失学、失业、失恋等等。这么多年我渐渐看清了这个人，若非如此，料他也是白活。若非如此他会去干什么呢？我倒也说不准，不过我料他难免去些火爆的场合跟着起哄。他那颗不甘寂寞的心我是了解的。他会东一头西一头撞得找不着北，他会患得患失总也不能如意，然后，以"生不逢时"一类的大话来开脱自己和折磨自己。不是说火爆就一定不好，我是说那样的地方不适合他，那样的地方或要凭真才实学，或要有强大的意志，天生的潇洒，我知道他没有，我知道他其实不行可心里又不见得会服气，所以我终于看清：此人最好由命运提前给他一点颜色看看，以防不可救药。不过呢，有一弊也有一利，欲望横生也自有其好处，否则各样打击一来，没了活气也是麻烦。抱屈多年，一朝醒悟：上帝对史铁生和我并没有做错什么。

/十/

我想，上帝为人性写下的最本质的两条密码是：残疾与爱情。残疾即残缺、限制、阻障……是属物的，是现实。爱情属灵，是梦想，是对美满的祈盼，是无边无限的，尤其是冲破边与限的可能，是残缺的补救。每一个人，每一代人，人间所有的故事，千差万别，千变万化，但究其底蕴终会露出这两种消息。现实与梦想，理性与激情，肉身与精神，以及战争与和平，科学与艺术，命运与信仰，怨恨与宽容，困苦与欢乐……大凡前项，终难免暴露残缺，或说局限，因而补以后项，后项则一律指向爱的前途。

就说史铁生和我吧，这么多年了，他以其残疾的现实可是没少连累我。我本来是想百米跑上个九秒七，跳高跳他个两米五，然后也去登一回珠穆朗玛峰的，可这一个铁生拖了我的后腿，先天不足后天也不足，这倒好，别人还以为我是个好吹牛的。事情到此为止也就罢了，可他竟忽然不走，继而不尿，弄得我总得跟他一起去医院"透析"——把浑身的血都弄出来洗，洗干净了再装回去，过不了三天又得重来一回。可不是麻烦吗！但又有什么办法？末了儿还得我来说服他，这个吧那个吧，白天黑夜的我可真没少费话，这么着他才算答应活下来，并于某年某月某日忽然对我说他要写作。好哇，写呗。什么文学呀，挨不上！写了半天，其实就是我没日没夜跟他说的那些个话。当然他也对我说些话，这几十年我们就是这么你一言我一语地说过来的，要不然这日子可真没法过。说着说着，也闹不清是从哪天起他终于信了：地狱和天堂都在人间，即残疾与爱情，即原罪与拯救。

/十一/

人可以走向天堂，不可以走到天堂。走向，意味着彼岸的成立。走到，岂非彼岸的消失？彼岸的消失即信仰的终结、拯救的放弃。因而天堂不是一处空间，不是一种物质性存在，而是道路，是精神的恒途。

物质性（譬如肉身）永远是一种限制。走到（无论哪儿）之到，必仍是一种限制，否则何以言到？限制不能拯救限制，好比"瞎子不能指引瞎子"。天堂是什么？正是与这物质性限制的对峙，是有限的此岸对彼岸的无限眺望。谁若能够证明另一种时空，证明某一处无论多么美好的物质性"天堂"可以到达，谁就应该也能够证明另一种限制。另一种限制于是呼唤着另一种彼岸。因而，在限制与眺望、此岸与彼岸之间，拯救依然是精神的恒途。

这是不是说天堂不能成立？是不是说"走向天堂"是一种欺骗？我想，物质性天堂注定难为，而精神的天堂恰于走向中成立，永远的限制是其永远成立的依据。形象地说：设若你果真到了天堂，然后呢？然后，无所眺望或另有眺望都证明到达之地并非圆满，而你若永远地走向它，你便随时都在它的光照之中。

/十二/

残疾与爱情，这两种消息，在史铁生的命运里特别地得到强调。对于此一生性愚顽的人，我说过，这样强调是恰当的。我只是没想到，史铁生在四十岁以后也慢慢看懂了这件事。

这两种消息几乎同时到来，都在他二十一岁那年。

　　一个满心准备迎接爱情的人，好没影儿的先迎来了残疾—无论怎么说，这一招是够损的。我不信有谁能不惊慌，不哭泣。况且那并不是一次光荣行为的后果，那是一个极为普通的事件，普通得就好像一觉醒来，看看天，天还是蓝的，看看地，地也并未塌陷，可是一举步，形势不大对头——您与地球的关系发生了一点儿变化。是的，您不能再以脚掌而是要以屁股，要不就以全身，与它摩擦。不错，第一是坐着，第二是躺着，第三是死。好了，就这么定了，不再需要什么理由。我庆幸他很快就发现了问题的要点：没有理由！你没犯什么错误，谁也没犯什么错误，你用不着悔改，也用不上怨恨。让风给你说一声"对不起"吗？而且将来你还会知道：上帝也没有错误，从来没有。

/十三/

　　残疾，就这么来了，从此不走。其实哪里是刚刚来呀，你一出生它跟着就到了，你之不能（不只是不能走）全是它的业绩呀，这一次不过是强调一下罢了。对某一铁生而言是这样，对所有的人来说也是这样，人所不能者，即是限制，即是残疾，它从来就没有离开过。

　　它如影随形地一直跟着我们，徘徊千古而不去，它是不是有话要说？

它首先想说的大约是：残疾之最根本的困苦到底在哪儿？

还以史铁生所遭遇的为例：不，它不疼，也不痒，并没有很重的生理痛苦，它只是给行动带来些不方便，但只要你接受了轮椅（或者拐杖和假肢、盲杖和盲文、手语和唇读），你一样可以活着，可以找点事做，可以到平坦的路面上去逛逛。但是，这只证明了活着，活成了什么还不一定。像一头勤勤恳恳的老黄牛，像风摧不死沙打不枯的一棵什么草，几十年如一日地运转就像一块表……我怀疑，这类形容肯定是对人的恭维吗？人，不是比牛、树和机器都要高级很多吗？"栗子味儿的白薯"算得夸奖，"白薯味儿的栗子"难道不是昏话？

人，不能光是活着，不能光是以其高明的生产力和非凡的忍受力为荣。比如说，活着，却没有爱情，你以为如何？当爱情被诗之歌之，被看得比生命还重要的时候（生命诚可贵，爱情价更高），却有一些人活在爱情之外，这怎么说？而且，这样的"之外"竟常常被看作正当，被默认，了不起是在叹息之后把问题推给命运。所以，这样的"之外"，指的就不是尚未进入，而是不能进入，或者不宜进入。"不能"和"不宜"并不写在纸上，有时写在脸上，更多的是写在心里。常常是写在别人心里，不过有时也可悲到写进了自己的心里。

/十四/

　　我记得，当爱情到来之时，此一铁生双腿已残，他是多么渴望爱情啊，可我却亲手把"不能进入"写进了他心里。事实上史铁生和我又开始了互相埋怨，睡不安寝食不甘味，他说能，我说不能，我说能，他又说不能。糟心的是，说不能的一方常似凛然大义，说能的一对难兄难弟却像心怀鬼胎。不过，大凡这样的争执，终归是鬼胎战胜大义，稍以时日，结果应该是很明白的。风能不战胜云吗？山能堵死河吗？现在结果不是出来了？——史铁生娶妻无子活得也算惬意。但那时候不行，那时候真他娘见鬼了，总觉着自己的一片真情是对他人的坑害，坑害一个倒也罢了，但那光景就像女士们的长袜跳丝，经经纬纬互相牵连，一坑就是一大片，这是关键："不能"写满了四周！这便是残疾最根本的困苦。

/十五/

　　这不见得是应该忍耐的、狭隘又渺小的困苦。失去爱情权利的人，其人的权利难免遭受全面的损害，正如爱情被贬抑的年代，人的权利普遍受到了威胁。

说残疾人首要的问题是就业，这话大可推敲。就业，若仅仅是为活命，就看不出为什么一定比救济好；所以比救济好，在于它表明残疾人一样有工作的权利。既是权利，就没有哪样是次要的。一种权利若被忽视，其他权利为什么肯定有保障？倘其权利止于工作，那又未必是人的特征，牛和马呢？设若认为残疾人可以（或应该，或不得不）在爱情之外活着，为什么不可能退一步再退一步认为他们也可以在教室之外、体育场之外、电影院之外、各种公共领域之外……而终于在全面的人的权利和尊严之外活着呢？

是的是的，有时候是不得不这样，身体健全者有时候也一样是不得不呀，一生未得美满爱情者并不只是残疾人啊！好了，这是又一个关键：一个未得奖牌的人，和一个无权参赛的人，有什么不一样吗？

/十六/

可是且慢。说了半天，到底谁说了残疾人没有爱情的权利呢？无论哪个铁生，也不能用一个虚假的前提支持他的论点吧！当然。不过，歧视，肯定公开地宣布吗？在公开宣布不容歧视的领域，肯定已经没有歧视了吗？还是相反，不容歧视的声音正是由于歧视的确在？

好吧，就算这样，可爱情的权利真值得这样突出地强调吗？

是的。那是因为，同样，这人间，也突出地强调着残疾。

残疾，并非残疾人所独有。残疾即残缺、限制、阻障。名为人者，已经是一种限制。肉身生来就是心灵的阻障，否则理想何由产生？残疾，并不仅仅限于肢体或器官，更由于心灵的压迫和损伤，譬如歧视。歧视也并不限于对残疾人，歧视到处都有。歧视的原因，在于人偏离了上帝之爱的价值，而一味地以人的社会功能去衡量，于是善恶树上的果实使人与人的差别醒目起来。荣耀与羞辱之下，心灵始而防范，继而疏离，终至孤单。心灵于是呻吟，同时也在呼唤。呼唤什么？比如，残疾人奥运会在呼唤什么？马丁·路德·金的梦想，在呼唤什么？都是要为残疾的肉身续上一个健全的心途，为隔离的灵魂开放一条爱的通路。残疾与爱情的消息总就是这样萦萦绕绕，不离不弃，无处不在。真正的进步，终归难以用生产率衡量，而非要以爱对残疾的救赎来评价不可。

但对残疾人爱情权利的歧视，却常常被默认，甚至被视为正当。这一心灵压迫的极例，或许是一种象征，一种警告，以被排除在爱情之外的苦痛和投奔爱情的不息梦想，时时处处解释着上帝的寓言。也许，上帝正是要以残疾的人来强调人的残疾，强调人的迷途和危境，强调爱的必须与神圣。

/十七/

　　残疾人的爱情所以遭受世俗的冷面，最沉重的一个原因，是性功能障碍。这是一个最公开的怀疑——所有人都在心里问：他们行吗？同时又是最隐秘的判决——无需任何听证与申辩，结论已经有了：他们不行。这公开和隐秘，不约而同都表现为无言，或苦笑与哀怜，而这正是最坚固的壁垒、最绝望的囚禁！残疾人于是乎很像卡夫卡笔下的一种人物，又很像陀思妥耶夫斯基地下室里的哭魂。

　　难言之隐未必都可一洗了之。史铁生和我，我们都有些固执，以为无言的坚壁终归还得靠言语来打破。依敝人愚见，世人所以相信残疾人一定性无能，原因有二。一是以为爱情仅仅是繁殖的附庸，你可以子孙满堂而不识爱为何物，却不可以比翼双飞终不下蛋。这对于适者生存的物种竞争，或属正当思路，可人类早已无此忧患，危险的倒是，无爱的同类会否相互欺压、仇视，不小心哪天玩响一颗原子弹，辛辛苦苦的进化在某一个傍晚突然倒退回零。二是缺乏想象力，认定了性爱仅仅是原始遗留的习俗，除了照本宣科地模仿繁殖，好歹再想不出还能有什么更美丽的作为，偶有创意又自非自责，生怕混同于淫乱。看似威赫逼人的那一团阴云，其实就这么点儿事。难言之隐一经说破，性爱从繁殖的束缚中解放出来，残疾人有什么性障碍可言？完全可能，在四面威逼之下，一颗孤苦的心更能听出性爱的箫音，于是奇思如涌、妙想纷呈把事情做得更加精彩。

/十八/

　　福柯在《疯癫与文明》一书中说："疯癫不是一种自然现象，而是一种文明产物。没有把这种现象说成疯癫并加以迫害的各种文化的历史，就不会有疯癫的历史。"这一关于疯癫的论说，依我看也适用于残疾，尤其适用于所谓残疾人的性障碍。肢体或器官的残损是一个生理问题，而残疾人（以及所有人）的性爱问题，根本都在文化。你一定可以从古今中外的种种性爱方式中，看出某种文化的胜迹，和某种文化的囚笼。比如说，玛格丽特·杜拉斯对性爱的描写，无论多么露骨，也不似西门庆那样脏。

　　性，何以会障碍？真让人想不通。你死了吗？

　　性在摆脱了繁殖的垄断之后，已经成长为一种语言，已经化身为心灵最重要的表达与祈告了。当然是表达爱愿。当然是祈告失散的心灵可以团圆。这样的欲望会因为生理的残疾而障碍吗？笑话！渴望着爱情的人你千万别信那一套！你要爱就要像一个痴情的恋人那样去爱，像一个忘死的梦者那样去爱，视他人之疑目如盏盏鬼火，大胆去走你的夜路。你一定能找到你的方式，一定能以你残损的身体表达你美丽的心愿，一定可以为爱的祈告创造出丰富多彩的乃至独领风流的性语言。史铁生和我，我们看不出为什么不能这样。也许，这样的能力，唯那无言的坚壁可以扼杀它，可以残废它。但也未必，其实只有残疾人自己的无言忍受、违心屈从才是其天敌。

　　残疾人以及所有的人，固然应该对艰难的生途说"是"，但要对那无言的坚壁说"不"，那无言的坚壁才是人性的残疾。福柯在同一部书中，开宗明义地引用了陀思妥耶夫斯基的一句话："人们不能用禁闭自己的邻人来确认自己神志健全。"而能够打破这禁闭的，能够揭穿这无形共谋的，是爱的祈告，是唤起生命的艺术灵感，是人之"诗意地栖居"。

/十九/

有人说过：性，从繁殖走向娱乐，是一种进步。但那大约只是动物的进步，说明此一门类族群兴旺已不愁绝种。若其再从娱乐走向艺术，那才能算是人的进步吧。

是艺术就要说话，不能摸摸索索地寻个乐子就完事。性的艺术，更是以一种非凡的语言在倾诉，在表达，在祈祷心灵深处的美景。或者，其实是这美景之非凡，使凡俗的肉身禀领了神采。当然，那美景如果仍然是物质的，你不妨就浑身珠光宝气地去行你的事吧。但那美景若是心灵的团聚，一切饰物就都多余，一切物界的标牌就仍是丑陋的遮蔽，是心灵隔离的后遗症。心灵团聚的时刻，你只要上帝给你的那份财富就够了：你有限的身形，和你破形而出的爱愿。你颤抖着、试着用你赤裸的身形去表达吧，那是一个雕塑家最纯正的材料，是诗人最本质的语言，是哲学最终的真理，是神的期待。

不要害怕羞耻，也别相信淫荡，爱的领域里压根儿就没它们的汤喝。任何奇诡的性的言辞，一旦成为爱的表达，那便是魔鬼归顺了上帝的时刻……谴责者是因为自己尘缘未断。

什么是纯洁？我们不因肉身而不洁。我们不因有情而不洁。我不相信无情者可以爱。我倒常因为看见一些虚伪的标牌、媚态的包装和放大的凛然，而看见淫荡。淫荡不是别的，是把上帝寄存于人的财富挪作他用。

/二十/

但是，喂！这一位铁生，你不是在把爱和爱情混为一谈吧？你不是在把它们混淆之后，着意地夸大男女私情吧？

问我吗？我看不是。

而且谁也别吓唬人，别想再用人类之爱、民族之爱或祖国之爱一类的大词汇去湮灭通常所说的爱情。那样的时代，史铁生和我都经历过。是那样的时代把爱情贬为"男女私情"的。是那样的时代，使爱情一词沾染了贬义，使她无辜地背上了狭隘、猥琐一类的坏名声。套用一下陀思妥耶夫斯基的那句话吧：不能用贬低个人的爱愿来确认人类之爱的崇高。

完全没有不敬仰人类之爱（或曰：博爱）的意思，个人的爱情正在其中，也用不着混为一谈。如果个人的爱情可以被一个什么东西所贬低、所禁闭，那个东西就太可能无限地发育起来，终于有一天它什么事都敢干。此一铁生果然愚顽，他竟敢对一首旷古大作心存疑问——"生命诚可贵，爱情价更高。若为自由故，二者皆可抛。"疑问在于这后一抛。这一抛之后，自由到底还剩下什么？但愿所抛之物不是指爱情的权利或心中的爱愿，只是指一位具体的恋人，一桩预期的婚姻。但就算这样，我想也最好能有一种悲绝的心情，而不单是豪迈。不要抛得太流畅。应该有时间去想想那个被抛者的心情，当然，如果他（她）也同样豪迈，那算我多事。其实我对豪迈从来心存敬意，也相信个人有时候是要做出牺牲的。不过，这应该是当事人自己的选择，如果他宁愿不那么豪迈，他应该有理由怯懦。可是，"怯懦"一词已经又是圈套，它和"男女私情"一样，已经预设了贬抑或否定，而这贬抑和否定之下，自由已经丢失了理由（这大约就是话语霸权吧）。于是乎，自由岂不就成了一场魔术——放进去的是鸽子，飞出来的是老鹰？

/二十一/

这一个愚顽的人，常在暮色将临时独坐呆问：爱情既是这般美好，何以倒要赞誉它的止步于 1 对 1？为什么它不能推广为 1 对 2、对 3、对 4……以至 n 对 n，所有的人对所有的人？这时候我就围绕他，像四周的黑暗一样提醒他：对了，这就是理想，但别忘了现实。

现实是：心灵的隔离。

现实是人吃了善恶树上的果实，因而偏离了上帝之爱的角度，只去看重人的社会价值，肉身功能（力量、智商、漂亮、潇洒），以及物质的拥有。若非这样的现实，爱情本不必特别地受到赞美。倘博爱像空气一样均匀深厚，为什么要独独地赞美它的一部分呢？但这样的现实并未如愿消散，所以爱情脱颖而出，担负起爱的理想。它奋力地拓开一片晴空，一方净土，无论成败它相信它是一种必要的存在，一种象征，一路先锋。它以其在，表明了亘古的期愿不容废弃。

博爱是理想，而爱情，是这理想可期实现的部分。因此，爱情便有了超出其本身的意义，它就像上帝为广博之爱保留的火种，像在现实的强大包围下一个谛听神谕的时机，上帝以此危险性最小的 1 对 1 在引导着心灵的敞开，暗示人们：如果这仍不能使你们卸去心灵的铠甲，你们就只配永恒的惩罚。

那个愚顽的人甚至告诉我，他听出其中肯定这样的意思：这般美好的爱愿，没理由永远止步于 1 对 1——我不得不对他，以及对愚顽，刮目相看。

/二十二/

所以，残疾人（以及所有的残缺的人），怎能听任爱情权利的丢失？怎能让爱愿躲进荒漠？怎能用囚禁来解救囚禁，用无言来应答无言？

诚实的人你说话吧。用不着多么高深的理论来证明，让诚实直接说话就够了，在坦诚的言说之中爱自会呈现，被剥夺的权利就会回来。爱情，并不在伸手可得或不可得的地方，是期盼使它诞生，是言说使它存在，是信心使它不死，它完全可能是现实但它根本是理想啊，它在前面，它是未来。所以，说吧，并且重视这个说吧，如果白昼的语言已经枯朽，就用黑夜的梦语，用诗的性灵。

这很不现实，是吗？但无爱的现实你以为怎么样？

/二十三/

最近我看到一篇文章，标题竟是"生命的唯一要求是活着"。这话让我想了好久，怎么也不能同意。死着的东西不可以谓之生命，生命当然活着，活着而要求活着，等于是说活着就够了，不必有什么要求。倘有要求，"生命"就必大于"活着"，活着也就不是生命的唯一。

如果"活着"是指"活下去"的意思，那可是要特别地加以说明。"活着"和"活下去"不见得是一码事。"活着"而要发"活下去"的决心，料必是有什么使人难以活着的事情发生了。什么呢？显然不只是空气、水和营养之类的问题，因为在这儿"生命"显然也不是指老鼠等等。比如说爱情和自由，没有，肯定还能活下去吗？当然，老鼠能，所以它只是"活着"，并不发"活下去"的决心，并不以为活着还有什么再需要强调的事。当生命二字指示为人的时候，要求就多了，岂止活着就够？说理想、追求都是身外之物——这个身，必只是生理之身，但生理之身是不写作的，没有理想和追求，也看不出何为身外之物。一旦看出身外与身内，生命就不单单是活着了。

而爱，作为理想，本来就不止于现实，甚至具有反抗现实的意味，正如诗，有诗人说过："诗是对生活的匡正。"

（我想，那篇文章的作者必是疏忽了"唯一"和"第一"的不同。若说生命的第一要求是活着，这话我看就没有疑问。）

/二十四/

但是反抗，并不简单，不是靠一份情绪和勇敢就够。弄不好，反抗是很强劲而且坚定了，但怨愤不仅咬伤自己，还吓跑了别人。

比如常听见这样的话：我们残疾人如何如何，他们健全人是不可能理解的。要是说"他们不曾理解"，这话虽不周全，但明确是在呼唤理解。真要是"不可能理解"，你说它干吗？说给谁听？说给"不可能理解"的人听，你傻啦？那么就是说给自己听。依史铁生和我的经验看，不断地这样说给自己听，用自我委屈酿制自我感动，那不会有别的结果，那只能是自我囚禁、自我戕害，并且让"不可能理解"的人眼睁睁地看着一个自虐者自虐而束手无策。

再比如，还经常会碰见这样的句式：我们残疾人是最（ ）的，因此我们残疾人其实是最（ ）的。第一个括号里，多半可以填上"艰难"和"坚强"，第二个括号里通常是"优秀"或与之相近的词。我的意思是，就算这是实情，话也最好让别人说。这不是狡猾。别人说更可能是尊重与理解，自己一说就变味——"最"都是你的，别人只有"次"。况且，你又对别人的艰难与优秀了解多少呢？

最令人不安的是，这样的话出自残疾人之口，竟会赢得掌声。这掌声值得仔细地听，那里面一定没有"看在残疾的分儿上"这句潜台词吗？要是一个健全人这样说，你觉得怎样？你会不会说这是自闭，自恋？可我们并不是要反抗别人呀，恰恰是反抗心灵的禁闭与隔离。

/二十五/

那掌声表达了提前的宽宥，提前到你以残疾的身份准备发言但还未发言的时候。甚至是提前的防御，生怕你脆弱的心以没有掌声为由继续繁衍"他们不可能理解"式的怨恨。但这其实是提前的轻蔑——你真能超越残疾，和大家平等地对话吗？糟糕的是，你不仅没能让这偏见遭受挫折，反给它提供了证据，没能动摇它反倒坚定着它。当人们对残疾愈发小心翼翼之时，你的反抗早已自投罗网。

这样的反抗使残疾扩散，从生理扩散到心理，从物界扩散进精神。这类病症的机理相当复杂，但可以给它一个简单的名称：残疾情结。这情结不单残疾人可以有，别的地方，人间的其他领域，也有。马丁·路德·金说："切莫用仇恨的苦酒来缓解热望自由的干渴。"我想他也是指的这类情结。以往的压迫、歧视、屈辱，所造成的最大遗患就是怨恨的蔓延，就是这"残疾情结"的蓄积，蓄积到湮灭理性，看异己全是敌人，以致左突右冲反使那罗网越收越紧。被压迫者，被歧视或被忽视的人，以及一切领域中弱势的一方，都不妨警惕一下这"残疾情结"的暗算，放弃自卑，同时放弃怨恨；其实这两点必然是同时放弃的，因为曾经，它们也是一齐出生的。

/二十六/

中国足球的所谓"恐韩症"，未必是恐惧韩国，而是恐惧再输给韩国，未必是恐惧韩国足球的实力，而是恐惧区区韩国若干年来（其足球）竟一直压着我们，恐惧这样的历史竟不结束，以及本世纪内难道还不能结束吗？这恐惧，已不单是足球的恐惧，简直成了民族和国家的心病。要我说，其实，是这心病造成和加重了足球的恐惧，或者是它们俩互相吓唬以致恶性循环。本来嘛，足球就是足球，哪堪如此重负！世界上那么多民族、国家，体育上必各具短长，输赢寻常事，哪至于就严重到了辜负人民和祖国？倘民族或祖国的神经竟这般敏感和脆弱，倒值得想一想，其中是否蓄积着"残疾情结"？

有位著名的教练曾在电视上说：我们踢足球，就是为了打败外国队！这样的目标与体育精神有着怎样的差距姑且不论，单这样的心理，决心（如赛前所宣称）就难免变成担心（如赛后所发现）。决心基于自信，尤其是相信自己有超越和完善自己的能力，把每一次比赛都看成这样的机会。（顺便说一句，我喜欢申花队"更进一步"的口号，不喜欢国安队的"永远争第一"。至少，"更进一步"没法弄虚作假，"争第一"的手段可是很多。）担心呢，原因就复杂，但肯定已经离开了对自己的把握；把握住自己，这还有什么可担心的吗？输了也可以是更进一步。要是把人民的厚望、祖国的荣誉，乃至历来的高傲和高傲不曾实现所留下的委屈一股脑儿都交给足球，谁心里也没底，不担心才怪。

说句公道话，教练和球员们的负担是太重了，重到不是他们可以承受的也不是他们应该承受的。别再说什么"爱国主义和政治思想抓得不够"了，这么多年，每一次失败都像重演，每一次教训都像复制，每一次电视台上沉痛的检讨都仿佛录像重播，莫非只有赢球那天才算政治思想抓够了？能不能从下一次来个彻底甚至过头的改变？比如说，不必期望下一次就能赢，只盼下一次能输他个漂亮！漂亮到底，对，明明已经出局也还是抱住漂亮不撒手！体育，原是要在模拟的困境中展现坚强、美丽的精神。爱国——毫无疑问，毫无疑问到用不着"主义"来加封，有吃饭主义吗？我不信有哪位教练或球员不爱祖国。但美丽的精神不更是荣誉？胆战心惊地去摸一把彩的心情，倒是把祖国轻看。

/二十七/

作家陈村说过：让中国人心理不平衡的事情有两件，一是世界杯总不能入围，二是诺贝尔文学奖总不能到手，这两件事弄得球迷和文人都有点魔魔道道。关于后一项，真是不大好再说什么了，要么是酸，要么是苦，甚至于辣，敬仰与渴望、菲薄与讥嘲也都表达过了，剩下的似乎只有闷闷不乐。

说一件真事：五六淑女闲聊，偶尔说起某一女大学生做了"三陪小姐"，不免嗤之以鼻。"一晚上挣好几百哪！"——嗤之以鼻。"一晚上挣好几千的也有！"——还是嗤之以鼻。有一位说："要是一晚上给你几十万呢？"这一回大家都沉默了一会儿，然后相视大笑。这刹那间的沉默颇具深意——潜意识总是诚实的。那么，做一次类推的设想，五六作家，说起各种文学奖，一致的意见是：艺术不是为了谁来拍拍你的后脑勺儿。此一奖——摇头。彼一奖——撇嘴。诺贝尔奖呢？——我总想，是不是也会有那么一瞬间的沉默以及随后的大笑？

几位淑女沉默之后的大笑令人钦佩，她们承认了几十万元的诱惑，承认自己有过哪怕是几秒钟的动摇，然后以大笑驱逐了诱惑，轻松坦然地确认了以往的信念。若非如此，沉默就可能隐隐地延长，延长至魔魔道道，酸甜苦辣就都要来了。

很难有绝对公正的评奖这谁都知道，何不实实在在把诺贝尔奖看作是几位瑞典老人对文学——包括中国文学——的关怀和好意？瑞典我去过一次，印象是：离中国真远呀。

/二十八/

残疾人中想写作的特别多。这是有道理的，残疾与写作天生有缘，写作，多是因为看见了人间的残缺，残疾人可谓是"近水楼台"。但还有一个原因不能躲闪：他们企望以此来得到社会承认，一方面是"价值实现"，还有更具体的作用，即改善自己的处境。这是事实。这没什么不好意思。他们和众人一道来到人间，却没有很多出路，上大学不能，进工厂不能，自学外语吗？又没人聘你当翻译，连爱情也对你一副冷面孔，而这恰好就帮你积累起万千感慨，感慨之余看见纸和笔都现成，他不写作谁写作？你又不是木头。以史铁生为例，我说过，他绝不是一个甘于寂寞的人，我记得他曾在某一条少为人知的小巷深处，一家街道工厂里，一边做工一边做过多少好梦，我知道是什么样的梦使他屡屡决心不死，是什么样的美景在前面引诱他，在后面推动他……总之，那个残疾的年轻人以为终有大功告成的一天，那时，生命就可以大步流星如入无人之境。他决心赌一把。就像歌中唱的：我以青春赌明天。话当然并不说得这么直接，赌——多难听，但其实那歌词写得坦率，只可惜今天竟自信到这么流行。赌的心情，其实是很孱弱、很担惊受怕的，就像足球的从决心变成担心，它很容易离开写作的根本与自信，把自己变成别人，以自己的眼睛去放映别人的眼色，以自己的心魂去攀登别人的思想，用自己的脚去走别人的步。残疾，其最危险的一面，就是太渴望被社会承认了，乃至太渴望被世界承认了，渴望之下又走进残疾。

/二十九/

二十多年前，残疾人史铁生改变了几次主意之后，选中了写作。当时我真不知这会把他带到哪儿去，就是说，连我都不知道那终于会是一个陷阱还是一条出路。我们一起坐在地坛的老柏树下，看天看地，听上帝一声不响。上帝他在等待。前途莫辨，我只好由着史铁生的性子走。福祸未卜很像是赌徒的路，这一点由他当时的迷茫可得确证。他把一切希望都押在了那上面，但一直疑虑重重。比如说，按照传统的文学理论，像他这样寸步难行的人怎么可能去深入生活？像他这么年轻的人，有多少故事值得一写？像他这么几点儿年纪便与火热的生活断了交情的人，就算写出个一章半节，也很快就要枯竭的吧，那时可怎么办？我记得他真吓得够呛，哆嗦，理论们让他一身一身地冒汗——见过就要输光的赌徒吗？就那样儿。他一把一把地赌着，尽力向那些理论靠拢，尽力去外面拾捡生活，但已明显入不敷出，眼看难以为继。

他所以能够走过来，以及能在写作这条路上走下去，不谦虚地说，幸亏有我。

我不像他那么拘泥。

就在赌徒史铁生一身一身地出汗之际，我开始从一旁看他，从四周看他，从远处甚至从天上看他，我发现这个人从头到脚都是疑问，从里到外根本一个谜团。我忽然明白了，我的写作有他这样一个原型差不多也就够用了，他身上聚集着人的所有麻烦。况且今生今世我注定是离不开他了，就算我想，我也无法摆脱他到我向往的地方去，譬如乡下，工厂，以及所有轰轰烈烈的地方。我甚至不得不通过他来看这个世界，不得不想他之所想，思他之所思，欲他之所欲。我优势于他的仅仅是：他若在人前假笑，我可以在他后面（里面）真哭——关键的是，我们可以在事后坦率地谈谈这他妈的到底怎么回事！谁的错儿？

/三十/

这么着，有一天他听从了我的劝告，欣羡的目光从外面收回来，调头向里了。对一个被四壁围困的人来说，这是个好兆头。里面比较清静（没有什么理论来干扰），比较坦率（说什么都行），但这清静与坦率之中并不失喧嚣与迷惑（往日并未消失，并且"我从哪儿来？"），里面竟然比外面辽阔（心绪漫无边际），比外面自由（不妨碍别人），但这辽阔与自由终于还是通向不知，通向神秘（智力限制，以及"我到哪儿去，终于到哪儿去？"）。

设若你永远没有"我是谁"等等累人的问题，永远只是"我在故我玩儿"，你一生大约都会活得安逸，山是山，水是水，就像美丽的鹿群，把未来安排在今天之后，把往日交给饥饿的狮子。可一旦谁要是玩腻了，不小心这么一想——"我是谁"，好了，世界于是乎轰然膨胀，以至无边无际。我怀疑，人，原就是一群玩腻了的鹿。我怀疑宇宙的膨胀就是因为不小心这么一想。这么一想之后，山不仅是山，水不仅是水，我也不仅仅是我了——我势必就要连接起过去，连接起未来，连接起无穷无尽的别人，乃至天地万物。

史铁生呢？更甭提，我本来就不全是他。可这一回我大半是把他害了，否则他可以原原本本是一头鹿的。

可现在已是"这么一想"之后，鹿不鹿的都不再有什么实际意义。史铁生曾经使我成为一种限制，现在呢，"我是谁"的追问把我吹散开，飘落得到处都在，以至很难给我划定一个边缘，一条界线。但这不是我的消散，而恰是我的存在。谁都一样。任何角色莫不如此。比如说，要想克隆张三，那就不光要复制全部他的生理，还要复制全部他的心绪、经历、愚顽……最后终于会走到这一步：还要复制全部与他相关的人，以及与与他相关的人相关的人。这办得到吗？所以文学（小说）也办不到，虽然它叫嚷着要真实。所以小说抱紧着虚构。所以小说家把李四、王五、刘二……拆开了，该扔的扔，该留的留，放大、缩小、变形……以组（建构或塑造）成张三。舍此似别无他法，故此法无可争议。

/三十一/

　　但这一拆一组，最是不可轻看。这一拆一组由何而来？毫无疑问是由于作者，由于某一个我的所思所欲。但不是"我思故我在"，是我在故我思，我在故我拆、故我组、故我取舍变化，我以我在而使张三诞生。我在先于张三之在。我在大于张三之在，张三作为我的创想、我的思绪和梦境，而成为我的一部分。接下来用得上"我思故我在"了——因这一拆一组，我在已然有所更新，我有了新在。就是说，后张三之在的我在大于先张三之在的我在。那么也就是说，在不断发生着的这类拆、组、取舍、变化之中我不断地诞生着，不断地生长。

　　所以在《务虚笔记》中我说：我是我印象的一部分，我的全部印象才是我。那就是说：史铁生与张三类同，由于我对他的审视、不满、希望，以及他对我的限制等等，他成为我的一部分。我呢？我是包括张三、李四、某一铁生……在内的诸多部分的交织、交融、更新、再造。我经由光阴，经由山水，经由乡村和城市，同样我也经由别人，经由一切他者以及由之引生的思绪和梦想而走成了我。那路途中的一切，有些与我擦肩而过从此天各一方，有些便永久驻进我的心魂，雕琢我，塑造我，锤炼我，融入我而成为我。我原是不住的游魂，原是一路汇聚着的水流，浩瀚宇宙中一缕消息的传递，一个守法的公民并一个无羁无绊的梦。

/三十二/

所以我这样想：写作者，未必能够塑造出真实的他人（所谓血肉丰满、栩栩如生的人物），写作者只可能塑造真实的自己——前人也这样说过。

你靠什么来塑造他人？你只可能像我一样，以史铁生之心度他人之腹，以自己心中的阴暗去追查张三的阴暗，以自己心中的光明去拓展张三的光明，你只能以自己的血肉和心智去塑造。那么，与其说这是塑造，倒不如说是受造，与其说是写作者塑造了张三，莫如说是写作者经由张三而有了新在。这受造之途岂非更其真实？这真实不是依靠外在形象的完整，而是根据内在心魂的残缺，不是依靠故事的滴水不漏，也不是根据文学的大计方针，而是由于心魂的险径迷途。

文学，如果是暗含着种种操作或教导意图的学问（无论思想还是技巧，语言还是形式，以及为谁写和不为谁写式的立场培养），我看写作可不是，我希望写作可不要再是。写作，在我的希望中只是怀疑者的怀疑，寻觅者的寻觅，虽然也要借助种种技巧、语言和形式。那个愚钝的人赞成了我的意见，有一回史铁生说：写作不过是为心魂寻一条活路，要在汪洋中找到一条船。那一回月朗风清，算得上是酒逢知己，我们"对影成三人"简直有些互相欣赏了。寻觅者身后若留下一行踪迹，出版社看着好，拿去印成书也算多有一用。当然稿酬还是要领，合同不可不签，不然哪儿来的"花间一壶酒"？

我想，何妨就把"文学"与"写作"分开，文学留给作家，写作单让给一些不守规矩的寻觅者吧。文学或有其更为高深广大的使命，值得仰望，写作则可平易些个，无辜而落生斯世者，尤其生来长去还是不大通透的一类，都可以不管不顾地走一走这条路。没别的意思，只是说写作可以跟文学不一样，不必拿种种成习去勉强它；不一样就是不一样，上厕所也得弄清楚进哪边的门吧。

/三十三/

历来的小说，多是把成品（完整的人物、情节、故事等等）端出来给人看，而把它的生成过程隐藏起来，把作者隐藏起来，把徘徊于塑造与受造之间的那一缕游魂隐藏起来，枝枝杈杈都修剪齐整，残花败叶、踌躇和犹豫都打扫干净，以居高者的冷静从容把成品包扎好，推向前台。这固然不失为一种方法，此法之下好作品确也很多。但面对成品，我总觉意犹未尽。这感觉，从读者常会要求作者签名并好奇地总想看看作者的相貌这件事中，似乎找出了一点答案——那目光中恐怕不单是敬慕，更多的没准儿是怀疑，尤其对着所谓"灵魂工程师"，怀疑就更其深重。这让我想起一个笑话：某贵妇寿诞，有人奉上赞美诗，第一句"这个婆娘不是人"，众目惊瞪；

第二句"九天神女下凡尘",群颜转悦。我总看那读者的目光也是说着这两句话,不过每句后面都要改用问号。

我便想,那些隐藏和修剪掉的东西就此不见天日是否可惜?岂止可惜,也许竟是捡了芝麻丢了西瓜。那塑造与受造之中的犹豫、徘徊,是不是更有价值?拆、组、取舍之间,准定没有更玄妙动人的心流?但这些,在成品张三身上(以及成品故事之中)却已丢失。为了要个成品,一个个仿真人物、情节和一个完整的故事,就值得把这些最为真切,甚至是性命攸关的心流都扔掉?为一个居高从容的九天神女,就忍心让谁家的老祖宗不是人?

/三十四/

在创作意图背后,生命的路途要复杂得多。在由完整、好看、风格独具所指引的种种构思之间,还有着另外的存在。一些深隐的、细弱的、易于破碎但又是绵绵不绝的心的彷徨,在构思的缝隙中被遗漏了,被删除了。所以这样,通常的原因是它们不大适合于制造成品,它们不够引人,不够流畅,不完整,不够惊世骇俗,难以经受市场的挑剔。

听说已经有了(或终将会有)一种电脑软件,只要输入一些性格各异的人物,输入一个时代背景或生活环境,比如是战争,是疑案，是恋情，是寻宗问祖，行侠仗义……再输入一种风格，或惨烈悲壮，或情意缠绵，或野狐禅，或大团圆……好了，电脑自会据此编写出一个情节曲折的完整故事。要是你对这故事不甚满意，你就悠然地伸出一个手指，轻轻点一下某键，只听得电脑中"嗽哩喀喳嗽哩喀喳"地一阵运行，便又有一个迥异于前的故事扑面而来。如是者，可无穷尽。

这可真是了得！作家还有什么用？

但很可能这是件好事，在手和脑的运作败于种种软件之后，写作和文学便都要皈依心魂了。恰在脑（人脑或电脑）之聪颖所不及的领域，人之根本更其鲜明起来。唯绵绵心流天赋独具，仍可创作，仍可交流，仍可倾诉和倾听，可以进入一种崭新但其实古老的世界了。那是不避迷茫，不拒彷徨，不惜破碎，由那心流的追索而开拓出的疆域。就像绘画在摄影问世之后所迸发的神奇。

/三十五/

因此我向往着这样的写作——史铁生曾称之为"写作之夜"。当白昼的一切明智与迷障都消散了以后，黑夜要你用另一种眼睛看这世界。很可能是第五只眼睛，他不是外来者，也没有特异功能，他是对生命意义不肯放松的累人的眼睛。如果还有什么别的眼睛，尽可都排在他前面，总之这是最后的眼睛，是对白昼表示怀疑而对黑夜秉有期盼的眼睛。这样的写作或这样的眼睛，不看重成品，看重的是受造之中的那缕游魂，看重那游魂之种种可能的去向，看重那徘徊所携带的消息。因为，在这样的消息里，比如说，才能看见"我是谁"，才能看清一个人，一个犹豫、困惑的人，执拗的寻觅者而非潇洒的制作者；比如说我才有可能看看史铁生到底是什么，并由此对他的未来保持住兴趣和信心。

幸亏写作可以这样，否则他轮椅下的路早也就走完了。有很多人问过我：史铁生从二十岁上就困在屋子里，他哪儿来那么多可写的？借此机会我也算做出回答：白昼的清晰是有限的，黑夜却漫长，尤其那心流所遭遇的黑暗更是辽阔无边。

/三十六/

这条不大可能走完的路，大体是这样开始的——

有一回，我在平时最令此一铁生鄙视的人身上让他看见了自己，在他自以为纯洁之处让他看见了另外的东西。开头他自然是不愿承认。好吧，我说："你会不会嫉妒？"他很自信，说不会。我说，是吗？"那张三家比你家多了一只老鼠你为什么嫉妒？"他说："废话，我嫉妒他多一只老鼠干吗？"话音未落他笑了，说"这是圈套"。但这不是圈套。你知道什么可以嫉妒，什么不必嫉妒，这说明你很会嫉妒。我的意思是，凡你身有体会的东西你才能真正理解，凡你理解了的品质你才能恰切地贬斥它或赞美它，才能准确地描画它。笑话！他说："那么，写偷儿就一定得行窃，写杀人犯就一定要行凶吗？"但佛家有言：心既生恨，已动杀机。你不可能不体会那至于偷窃的贪欲，和那竟致杀戮的仇恨。这便是人性的复杂，这里面埋藏或蛰伏着命运的诸多可能。相反的情况也是一样，爱者之爱，恋者之恋，思者之思，绵绵心流并不都在白昼的确定性里，还在黑夜的可能性中，在那儿，网织成或开拓出你的存在，甚或你的现实。

/三十七/

还有一回，是在一出话剧散场之后，细雨蒙蒙，街上行人寥落，两旁店铺中的顾客也已稀疏，我的心绪尚不能从那剧中的悲情里走出来，便觉雨中的街灯、树影，以及因下雨而缓行的车辆都有些凄哀。这时，近旁一阵喧哗，原来是那剧中的几个演员，已经卸装，正说笑着与我擦身而过，红红绿绿的伞顶跳动着走远。我知道这是极其正当和正常的，每晚一场戏，你要他们总是沉在剧情里可怎么成？但这情景引动我的联想——前面，他们各自的家中，正都有一场怎样的"戏剧"在等候他们？所有散了戏的观众也是一样，正有千万种"戏剧"散布在这雨夜中，在等候他们，等候着连接起刚刚结束的这一种戏剧。黑夜均匀地铺展开去，所有的"戏剧"其实都在暗中互相关联，那将是怎样的关联啊！这关联本身令我痴迷，这关联本身岂非更是玄奥、辽阔、广大的存在？条条心流暗中汇合，以白昼所不能显明的方式和路径，汇合成另一种存在，汇合成夜的戏剧。那夜我很难入睡，我听见四周巨大无比的夜的寂静里，全是那深隐、细弱、易于破碎的万千心流在喧嚣，在聚会，在呼喊，在诉说，在走出白昼之必要的规则而进入黑夜之由衷的存在。

/三十八/

再有一回是在地坛——我多次写过的那座荒芜的古园（当然，现在它已经被修剪得整整齐齐够得上一个成品了）。我迎着落日，走在园墙下。那园墙历经数百年风雨早已是残损不堪，每一块青砖、每一条砖缝都可谓饱经沧桑，落日的光辉照耀着它们，落日和它们都很镇静，仿佛相约在其悠久旅程中的这一瞬间要看看我，看看这一个生性愚顽的孩子，等候此一铁生在此一时刻走过它们，或者竟是走进它们。我于是驻足。如梦如幻，我真似想起了这园墙被建造的年代。那样的年代里一定也有这样的时刻，太阳也是悬挂在那个地方，一样的红，一样的大，正徐徐沉落。一个砌墙的人，把这一铲灰摊平，把这一块砖敲实，一抬头，看见的也是这一幕风景。那个砌砖的人他是谁？有怎样的身世？他是否也恰好这样想过——几百年后，会不会有一个愚顽的人驻足于此，遥想某一个砌墙的人是谁？想自己是谁？想那时的戏剧与如今的戏剧是怎样越数百年之纷纭戏剧而相互关联？但很多动人的心流或命运早已遗漏殆尽，已经散失得不可收拾，被记录的历史不过一具毫无生气的尸骸。

/三十九/

历史可能顾不得那么多，但写作应该不这样。历史可由后人在未来的白昼中去考证，写作却是鲜活的生命在眼前的黑夜中问路。你可以不问，跟着感觉走，但你要问就必不能去问尸骸，而要去问心流。这大约就是克尔凯郭尔所说的"主观性真理"。他的意思是："在这些真理中，是不存在供人们建立其合法性以及使其合法的任何客观准则的，这些真理必须通过个体吸收、消化并反映在个体的决定和行动上。主观性真理不是几条知识，而是用来整理并催化知识的方法。这些真理不仅仅是关于外部世界的某些事实，而且也是发扬生命的难以捉摸、微妙莫测和不肯定性的依据。"

/四十/

难以捉摸、微妙莫测和不肯定性，这便是黑夜。但不是外部世界的黑夜，而是内在心流的黑夜。写作一向都在这样的黑夜中。从我们的知识（"客观性真理"）永远不可能穷尽外部世界的奥秘来看，我们其实永远都在主观世界中徘徊。而一切知识都只是在不断地证明着自身的残缺，它们越是广博高妙越是证明这残缺的永恒与深重，它们一再地超越便是一再地证明着自身的无效。一切谜团都在等待未来去解开，一切未来又都是在谜团面前等待（是啊，等待戈多）。所以我们的问路，既不可去问尸骸，又无法去问"戈多"。

但这并不证明人生的无望，那内在的徘徊终于会被逼迫出一种智慧——正如俄罗斯思想家弗兰克在其《生命的意义》中所说：生命的意义不是被给予的，而是被提出的。

我无法全面转述弗氏伟大精妙的思想，我只有向读者推荐他，并感谢刘小枫先生和徐凤林先生让这个只懂中文的铁生读到了他。我的简陋理解是：生命的意义本不在向外的寻取，而在向内的建立。那意义本非与生俱来，生理的人无缘与之相遇。那意义由精神所提出，也由精神去实现，那便是神性对人性的要求。这要求之下，曾消散于宇宙之无边的生命意义重又聚拢起来，迷失于命运之无常的生命意义重又聪慧起来，受困于人之残缺的生命意义终于看见了路。

/四十一/

说到人性，还要唠叨一句：人性解放，必定善哉？怕是未必。三寸金莲解放成大脚片子当然是好，但大脚就保证不受欺压吗？纳妾是过了景，但公款嫖娼却逢其时。"铁嘴儿""半仙儿"人人喊打，可造人为神的现代迷信并不绝迹。残疾人走进了奥运会，兴奋剂是否也就要走近残疾人了呢？人性中，原是包含着神性和魔性两种可能，浮士德先生总是在。

比如一切以商品、利润为号召的主义，谁也甭说谁，五十步恨百步而已。大家都看见了地球的衰危可谁肯后退一步？先下手的并不松手，后下手的更是一肚子冤屈，叫骂着"为富不仁"却加紧行其不仁之事。千年之"禧"全球火爆，偏与神约无关，下一个千年又能怎样？谈判之风像是不坏，可谁跟地球谈判？谁跟大气层谈判？神约既已放弃，人性更容易解放成魔性，或者是，魔性一经有了人性做招牌，靡非斯特宏图大展正是一路势如破竹了。

平均主义是谁也没法再夸它了，况且，也不太能想象这人间失去竞争会是怎样一种寂寞荒凉。但愚顽的人老是想：竞争干吗就不能朝着另一种方向？比如说竞争朴素，竞争自家的装修更趋自然节俭，大家的地球更加茁壮丰沛。各种主义冷争热战各执一词，加起来还是画地为牢，不能在现有的主义之外寻找新途吗？

/四十二/

　　愚顽的人多是这样说着说着就跑题，让人笑话你这是做的什么梦？不过我总是忍不住相信，人原是为了梦想而来，原就是这么乘梦而来的。史铁生是什么？是我的一个具体的梦境。我呢，我是他无边的梦想。我们一向就是这么相依为命，至死方休啊。

　　我常在夜深人静之时问他：怎么样你觉着，活得还好吗？于是由生至死的这一路风光便依次展现，如同录像，你捏住遥控器，可以倒带看看开头，也可以快进先看看结尾，可以无论停在哪一段落再仔细瞧瞧。他握住我的右手，说："你的手真凉啊。"我握住他的左手："你的也是，你冷吗？"但这终归是他的问题，是截瘫和尿毒症的问题，肉身问题，是苦海、惩罚、原罪。

　　我的问题是，既入惩罚之地，此一铁生你怎么办？我给他的建议是：最好把惩罚之地看成锤炼之地。但既是锤炼之地，便又有了一个顺理成章的猜想——我曾经不在这里，我也并不止于这里，我是途经这里。途经这里，那么我究竟要到哪儿去，终于会到哪儿去呢？我不信能有一种没有过程的存在，因此我很有信心地说：我在路上。这就难免还有一问：如此辛辛苦苦，就是为了在路上吗？真是何苦，你干吗一定要来呀？于是又要想想我是怎么来的了。我说过，就像现在不能离开过去和未来而是现在一样，我也不能离开别人而是我，我不能离开天离开地离开万物万灵……离开一切他者而是我。那么我是怎么来的？我是从一切中来啊，我是由一切所孕育、所催生的一缕浪动的消息，微薄但是独具。这样的消息并不都是由我决定，但这样的消息不死不灭总是以"我"为名——不信去问所有的人好了，他们无不是以"我"的角度在行走，在迷茫，在领悟。可我又说过，这一颗心盼望着走向宁静。是呀，宁静，但不是空无。怎么可能有绝对的无呢？那不是空无那是我的原在！原在——前人用过这个词吗？恕我无知，倘前人不曾用过，我来解释一下它的意思——那即是神在，我赖以塑造和受造的最初之在。

/四十三/

我不断地眺望那最初之在：一方蓝天，一条小街，阳光中缥缈可闻的一缕钟声，于恐惧与好奇之中铺筑成无限。因而我看着他的背影，看他的心流一再进入黑夜，死也不是结束。只有一句话是他的保佑："看不见而信的人是有福的。"

病隙碎笔 3

我们太看重了白昼，又太忽视着黑夜。生命，至少有一半是在黑夜中呀——夜深人静，心神仍在奔突和浪游。更因为，一个明确走在晴天朗照中的人，很可能正在心魂的黑暗与迷茫中挣扎，黑夜与白昼之比因而更其悬殊。

/ 一 /

　　从网上读到一篇文章，说到中国孩子和美国孩子学画画之关心点的不同，中国孩子总是问老师"我画得像不像"，美国孩子则是问"我画得好不好"。

　　先说"像不像"。像什么呢？一是像老师的范本，二是像名家或传统的画路。我在电视上见过几个中国孩子比赛水墨画，看笔法都是要写意，但其实全有成规：小鸡是几笔都是几笔，小虾则一群与一群的队形完全一致，葫芦的叶子不仅数目相等并且位置也一样，而白菜的旁边总是配上两朵蘑菇……这哪里还有自己的意，全是别人的实呀！三是像真的。怎样的真呢？倘其写意也循成规，真，料必也只是流于外在的形吧。

　　再说"好不好"。根据什么说它好不好呢？根据外在的真，只能是像不像。好不好则必牵系着你的心愿，你的神游，神游阻断处你的犹豫和彷徨，以及现实的绝境给你的启示，以及梦想的不灭为你开启的无限可能性。这既是你的劫数也是你的自由，这样的舞蹈你能说它像什么吗？它什么也不像，前面没有什么可以让它像的东西，因而你只有问自己，乃至问天问地：这，好不好？

/二/

国画，越看越有些腻了。山水树木花鸟鱼虫，都很像，像真的，像前人，互相像，鉴赏家常也是这样告诉你：此乃袭承哪位大师、哪一门派。西画中这类情况也有。书法中这样的事尤其多，寿字、福字、龙虎二字，写来写去再也弄不出什么新意却还是写来写去，让人看了憋闷，觉得书者与观者的心情都被囚禁。

艺术，原是要在按部就班的实际中开出虚幻，开辟异在，开通自由，技法虽属重要但根本的期待是心魂的可能性。便是写实，也非照相。便是摄影，也并不看重外在的真。一旦艺术，都是要开放遐想与神游，且不宜搭乘已有的专线。

曾经我不大会看画，众人都说好，便追去看。贴近了看，退远了看，看得太快怕人说你干吗来，看得慢了又不知道看什么，看出像来暗自快慰，看着不像便怀疑人家是不是糊弄咱。后来，有一次，忽然之间我被震动了——并非因为那画面所显明的意义，而是因其不拘一格的构想所流露的不甘就范的心情。一俟有了这样的感受，那画面便活跃起来，扩展开去，使你不由得惊叹：原来还有这样的可能！于是你不单看见了一幅画，还看见了画者飞扬的激情，看见了一条渴望着创造的心迹，观者的心情也便跟随着不再拘泥一处，顿觉僵死的实际中处处都蕴藏着希望。

/三/

不过，倘奇诡、新异肯定就好，艺术又怕混淆于胡来。贬斥了半天"像"，回头一想，什么都不像行吗？换个角度说，你根据什么说 A 是艺术，B 是创作，而 C 是胡来？所谓"似与不似之间"，这"之间"若仅是画面上分寸的推敲，结果可能还是成规，或者又是胡来。这"之间"，必是由于心神的突围，才可望走到艺术的位置；可以离形，但不能失神，可以脱离实际沉于梦幻，却不可无所寻觅而单凭着手的自由。这就像爱与性的关系：爱中之性，多么奇诡也是诉说，而无爱之性再怎么像模像样儿也还是排泄。

什么都不像既然也不行，那又该像什么呢？像你的犹豫，像你的绝望，像你的不甘就范的心魂。但心魂的辽阔岂一个"像"字可以捕捉？所以还得是"好不好"；"好不好"是心魂在无可像处的寻觅。

/四/

中国观众，对戏剧，对表演，也多以"像不像"来评价。医生必须像医生，警察千万得像警察。可医生和警察，脱了衣裳谁像谁呢？脱了衣裳并且入梦，又是怎么个像法呢？（有一段相声说：梦，有俩人商量着做的吗？）像，唯在外表，心魂却从来多样。心魂，你说他应该像什么？只像他自己不好吗？只像他希望自己所是的那样，不好吗？可见，"像不像"的评价，还是对形的要求，对表层生活的关注，心魂的辽阔与埋藏倒被忽视。

所以中国的舞台上与中国的大街上总是很像。中国的演员，功夫多下在举手投足、一颦一笑的"像"上。中国观众的期待，更是被培养在这个"像"字上。于是，中国的艺术总是以"像"而赢得赞赏。极例是"文革"中的一个舞蹈《喜晒战备粮》：一群女孩儿不过都换了一身干净衣裳，跳到台上去筛一种想象中的谷物。筛来筛去，这我在农村见过，觉得真像，又觉得真没劲——早知如此，给我们村儿的女子们换身衣裳不得了？想来我们村儿的女子们倒更要活泼得多了。还有所谓的根雕，你看去吧，好好的天之造物，非得弄得像龙像凤，像鹰像鹤，偏就不见那根须本身的蓬勃与呼啸。还是一个"像"字作怪。"不肖子孙"所以是斥责，就因其不像祖宗，不按既定方针办。龙与鹤的意思都现成，像就是了，而自然的蓬勃与呼啸是要心魂参与创造的，而心魂一向都被忽视。

/五/

像字当头，艺术很容易流于技艺。用笔画，会的人太多，不能标榜特色总归是寂寞，就有人用木片画，用手指或舌头画，用气吹着墨液在纸上走。有个黄色笑话，说古时某才子善用其臀作画，蘸了墨液在纸上只一坐，像什么就不说了，但真是像。玩笑归玩笑，其实用什么画具都不要紧，远古无"荣宝斋"时，岩洞壁画依然动人魂魄。古人无规可循，所画之物也并不求像，但那是心魂的奔突与祈告，其牵魂的力量自难磨灭。我是说，心魂的路途远未走完，未必是工具已经不够使。

/六/

外在的"像"与"真"，或也是艺术追求之一种，但若作为艺术的最高鉴定，尴尬的局面在所难免。比如，倘若真就是好，任何黄色的描写就都无由贬斥，任何乌七八糟的东西都能叫艺术，作者只要说一句"这多么真实"，或者"我的生活真的是这样"，你说什么？他反过来还要说你："遮遮掩掩的你真是那样干吗？虚伪！"是呀，许你满台土语，就不许我通篇脏话？许你引车卖浆惟妙惟肖，就不许我鸾颠凤倒纤毫毕现？许你衣冠楚楚，倒不许我一丝不挂？你真还是我真？哎哎，确也如此——倘去实际中比真，你真比不过他。不过，若只求实际之真，艺术真也是多余。满街都是真，床上床下都是真，看去呗。可艺术何为？艺术是一切，这总说不通吧？那么，艺术之真不同于实际之真，应该是没有疑问的。

艺术是假吗？当然也不是。倒是满街的实际，可能有一半是假；床上床下的真，可能藏着假情假意，一丝不挂呢，就真的没有遮掩？而在这真假之间，心魂一旦感受到荒诞，感受到苦闷有如囚徒，便可能开辟另一种存在，寻觅另一种真了。这样的真，以及这样的开辟与寻觅本身，被称为艺术，应该是合适的。

/七/

说艺术之真有可能成为伪善的借口，成为掩盖实际之真的骗术，这可信。但因此就将实际之真作为艺术的最高追求，却不能接受。

"艺术源于生活"，我曾以为是一句废话——工农兵学商，可有哪一行不是源于生活吗？后来我明白，这当然不是废话，这话意在消解对实际生活的怀疑。

有位大诗人说过，"诗是对生活的匡正"。他不知道"匡正"也是源于生活？料必他是看出了"源于生活"要么是废话，要么就会囿于实际，使心魂萎缩。

粉饰生活的行为，倒更会推崇实际，拒斥心魂。因为，心魂才是自由的起点和凭证，是对不自由的洞察与抗议，它当然对粉饰不利。所以要强调艺术的不能与实际同流。艺术，乃"于无声处"之"惊雷"，是实际之外的崭新发生。

/八/

"匡正"，不单是针对着社会，更是针对着人性。自由，也不仅是对强权的反抗，更是对人性的质疑。文学因而不能止于干预实际生活，而探问心魂的迷茫和意义才更是它的本分。文学的求变无疑是正当，因为生活一直在变。但是，生命中可有什么不变的东西吗？这才是文学一向在询问和寻找的。日新月异的生活，只是为人提供了今非昔比的道具，马车变成汽车，蒲扇换成空调，而其亘古的梦想一直不变，上帝对人的期待一直不变。为使这梦想和期待不致被日益奇诡、奢靡的道具所湮灭，艺术这才出面。上帝就像出题的考官，不断变换生活的题面，看你是否还能从中找出生命的本义。

对于科学，后人不必重复前人，只需接过前人的成就，继往开来。生命的意义却似轮回，每个人都得从头寻找，唯在这寻找中才可能与前贤汇合，唯当走过林莽，走过激流，走过深渊，走过思悟一向的艰途，步上山巅之时你才能说继承。若在山腰止步，登峰之路岂不又被埋没？幸有世世代代不懈的攀登者，如西绪福斯一般重复着这样的攀登，才使梦想照耀了实际，才有信念一直缭绕于生活的上空。

/九/

不能把遮掩实际之真的骗术算在艺术之真的头上，就像不能把淫乱归在性欲名下。而实际之真阻断了心魂恣肆的情况，也是常有，比如婚内强奸也可导致生育，但爱情随之荒芜。

实际的真与否，有舆论和法律去调教，比如性骚扰的被处罚，性丑闻的被揭露，再比如拾金不昧的被表彰。但艺术之真是在信仰麾下，并不受实际牵制，它的好与不好就如爱情的成败，唯自作自受。一般来看，掩盖实际之真的骗术，多也依靠实际之假，或以实际的利益为引诱，哪有欺世盗名者希望大家心魂自由的呢？

黄色所以是黄色，只因其囿于器官的实际，心魂被快感淹没，不得伸展。倘非如此，心魂借助肉体而天而地，爱愿借助性欲而酣畅地表达，而虔诚地祈告，又何黄之有？一旦心魂驾驭了实际，或突围，或彷徨，或欢聚，你就自由地写吧，画吧，演吧，字还是那些字，形还是那些形，动作还是那些动作，意味却已大变——爱情之下怎么都是艺术，一黄不染。黄色，其实多么小气，而"金风（爱）玉露（性）一相逢，便胜却人间无数"！那是诗是歌是舞，是神的恩赐呀谁管得着？

其实，对黄色，也无须太多藏禁。那路东西谁都难免想看看，但正因其太过实际，生理书上早都写得明白，看看即入穷途。半遮半掩，倒是撩拨青少年。

/十/

我们太看重了白昼，又太忽视着黑夜。生命，至少有一半是在黑夜中呀——夜深人静，心神仍在奔突和浪游。更因为，一个明确走在晴天朗照中的人，很可能正在心魂的黑暗与迷茫中挣扎，黑夜与白昼之比因而更其悬殊。

这迷茫与挣扎，不是源于生活？但更是"匡正"，或"匡正"的可能。这就得把那个"像"字颠来倒去鞭打几回！因为，这黑夜，这迷茫与挣扎，正是由于无可像者和不想再像什么。这是必要的折磨，否则尽是"酷肖子孙"，千年一日将是何等无聊？连白娘子都不忍仙界的寂寞，"千年等一回"来寻这人间的多彩与真情。

/十一/

不能因为不像，就去谴责一部作品，而要看看那不像的外形是否正因有心魂在奔突，或那不像的传达是否已使心魂震动、惊醒。像，已经太腻人，而不像，可能正为生途开辟着新域。

"艺术高于生活"，似有些高高在上，轻慢了某些平凡的疾苦，让人不爱听。再说，这"高于"的方向和尺度由谁来制定呢？你说你高，我说我比你还高，他说我低，你说他其实更低，这便助长霸道，而霸道正是瞒与骗的基础。那就不如说"艺术异于生活"。"异"是自由，你可异，我亦可异，异与异仍可存异，唯异端的权利不被剥夺是普遍的原则。

不过，"异"主要是说，生理的活着基本相同，而心魂的眺望各有其异，物质的享受必趋实际，而心魂的眺望一向都在实际之外。但是，实际之外可能正是黑夜。黑夜的那边还有黑夜，黑夜的尽头呢？尽头者，必不是无，仍是黑夜，心魂的黑夜。人们习惯说光明在前面引领，可光明的前面正是黑夜的呼唤呀。现成的光明俯拾即是，你要嫌累就避开黑夜，甭排队也能领得一份光明，可那样的光明一定能照亮你的黑夜吗？唯心神的黑夜，才开出生命的广阔，才通向精神的家园，才是要麻烦艺术去照亮的地方。而偏好实际，常常湮灭了它。缺乏对心魂的关注，不仅限制了中国的艺术，也限制着中国人心魂的伸展。

/十二/

"普遍主义"很像"高于"，都是由一个自以为是的制高点发放通行证，强令排异，要求大家都与它同，此类"普遍"自然是得反对。但要看明白，这并不意味着天下人就没有共通点，天下事就没有普遍性。要活着，要安全，要自由表达，要维护自己独特的思与行……这有谁不愿意吗？因此就得想些办法来维护，这样的维护不需要普遍吗？对"反对普遍主义"之最愚蠢的理解，是以为你有你的实际，我有我的实际，因此谁想怎么干就怎么干吧。可是，日本鬼子据其实际要侵略你，行吗？村长据其实际想强奸某一村民，也不行吧？所以必得有一种普遍的遵守。

/十三/

语言也是这样，无论谈恋爱还是谈买卖，总是期望相互能听懂，你说你的我说我的就不如各自回家去睡觉。要是你听不懂我的我就骂人，就诉诸强迫，那便是霸道，是要普遍反对的。可是，反抗霸道若也被认为是霸道，事情就有些乱。为免其乱就得有法律，就得有普遍的遵守。然而又有问题：法律由谁来制定？只根据少数人（或国）

的利益显然不对吧？所以就得保证所有的人（或国）都能自由发言。

　　说到保护民族语言的纯洁与独立，以防强势文化对它的侵蚀与泯灭，我倾向赞成，但也有些疑问。疑问之一：这纯洁与独立，只好以民族为单位吗？为什么不更扩大些或更缩小些？疑问之二：民族之间可能有霸道，民族之内就不可能有？民族之间可以恃强凌弱，一村一户中就不会发生同样的事？为什么不干脆说"保护个人的自由发言"呢？

　　本当是个人发言，关注普遍，不知怎么一弄，常常就变成了集体发言，却只看重一己了。只有个人自由，才有普遍利益，只因有普遍的遵守，才可能保障个人的自由，这道理多么简单。事实上，轻蔑个人自由的人，也都不屑于普遍的遵守，道理也简单：自由一普遍，霸字搁在哪儿？

/十四/

　　远来的和尚，原是要欣赏异地风俗，或为人类学等等采集标本，自然是希望着种类的多样，稀有种类尤其希望它保持原态，不见得都有闲心去想这标本中人是否活得煎熬，是否也图自由与发展？他们不想倒也罢了，标本中人若为取悦游僧和学者而甘做标本，倒把自己的愿望废置，把自己必要的变革丢弃，事情岂不荒唐？

/十五/

　　前不久，可能是在电视上也可能是在报纸上，见一位导演接受记者采访。记者问："有人说您的'中国特色'其实是迎合外国人的口味。"导演说："不，因为我表现的是人的普遍情感，所以外国人也能接受。"我便想：什么是普遍情感？这普遍是谁的统计？怎么统计的？其依据和目的都是什么？以及被这统计所排除、所遗漏的那些心魂应当怎样处置？尤其，这普遍怎么又成了特色？是什么人，会认此普遍为特色呢？是不是由市场判定的普遍？是不是由外国口味判定的中国特色？

　　一个创作者，敢说他表现的是普遍，这里面隐约已经有了一方"父母官"的影子。一个创作者，竟说他表现的是普遍，谦虚得又似过头，这岂非是说自己并无独到之见？一个创作者，至少要自以为有独特的发现，才会有创作的激情吧？普遍的情感满街都是，倘不能从中见出独具的心流，最多也只能算模仿生活。内在的新异已被小心地择出或粗心地忽略，一旦走上舞台和银幕，料必仍只是外在的像。这样的"创作"，我在想，其动力会是什么呢？不免还是想到了"迎合"，迎合市场，迎合"父母官"，迎合一种固有的优势话语，或者迎合别的什么。未必就是迎合大众，倒可能是麻醉大众。大众的心流原本是多么丰富，多么不拘，多么辽远，怎么迎合得过来？唯把他们麻醉到只认得一种戏路，只相信一种思绪配走上舞台或银幕，他们才可以随时随地被迎合。所以我又想，是否正因为这堂而皇之的普遍，万千独具的心流所以被湮灭，以致中国特色倒要由外国人来判定？还有，为什么要以国为单位来配制特色？为什么不让每一缕心魂自然而然地表现其特色呢？

/十六/

别抱怨摆弄实际之真的所谓艺术总是捉襟见肘吧，那是必然。正因为实际走到了末路，艺术这才发生，若领着艺术再去膜拜实际，岂非鬼打墙？所以，艺术正如爱情，都是不能嫌累的事。心魂之域本无尽头，比如"诗意地栖居"可不是独享逍遥，而是永远地寻觅与投奔，并且总在黑夜中。

/十七/

要讲真话，勿瞒与骗，这是中国人普遍推崇的品质。可从来，有几人真能做得彻底，真能"知无不言，言无不尽"？（且莫苛求"言必行"吧。）倒是常听见这样的表白："有些话我不能讲，但我讲的保证都是真话。"说实在的，能如此也已经令人钦佩。扪心自问，我自己顶多也就这样。但这绝不是说我钦佩我自己，恰恰相反，用陕北话说：我这心里头害麻烦。翻译成北京话就是：糟心。有点儿像吸毒，自个儿也看不起自个儿，又戒不掉。软弱的自己看不起自己的软弱但还是软弱着，虚伪的自己看不起自己的虚伪却还是"有些话不能讲"——真真岂有此理！

岂有此理就完了吗？钦佩着勇敢者之余，软弱如我者想：岂有此理的深处就怕还藏着另外的道理，未必一副硬骨头就能包打天下。说真话、硬骨头、匕首与投枪，于虚伪自然是良药，但痼疾犹在，久不见轻，大概还是医路的问题。自古就有"文死谏"的倡导，意思也就是硬骨头、讲真话，可这品质世世代代一直都被倡导，或只被倡导，且有日趋金贵之势，岂不令人沮丧？怎么回事？中国人一向推崇的品质，怎么竟成了中国人越来越难得的高风亮节？

/十八/

说真话有什么错吗？当然没有，还能是说假话不成？但说真话就够了吗？这就又得看看：除了实际之真，心魂之真是否也有表达？是否也能表达？是否也提倡表达？是否这样的表达也被尊重？

倘只白昼在表达，生命至少要减半。倘黑夜总就在黑夜中独行，或聋，或哑，或被斥为"不打粮食"，真，岂不是残疾着吗？比如两口子，若互相只言白昼，黑夜之浪动的心流或被视为无用，或被看作邪念，千万得互相藏好，那料必是要憋出毛病的。比如憋出猜疑和防备，猜疑和防备又难免流入白昼，实际之真也就要打折扣了。这还不要紧，只要黑夜健在，娜拉大不了是个出走。但黑夜要是一口气憋死，实际被实际所囚禁，艺术和爱情和一切就都只好由着白昼去豢养、去叫卖了。失去黑夜的白昼，失去匡正的生活，什么假不能炒成真？什么阴暗不能标榜为圣洁？什么荒唐事不能煽得人落泪？于是，什么真也就都可能沦落到"我不能说"了。

/十九/

听说有一位导演，在反驳别人的批评时说："不管怎么说，反正我是让观众落了泪。"反驳当然是你的权利，但这样的反驳很无力，让人落泪就一定是好艺术吗？让人哭，让人笑，让人咬牙切齿、捶胸顿足，都太容易，不见得非劳驾艺术不可。而真正的好艺术，真正的心路艰难，未必都有上述效果。

我听一位批评家朋友说过一件事：他去看一出话剧，事先掖了手绢在兜里，预备哭和笑，然而整个演出过程中他哭不出也笑不出，全场唯鸦雀无声。直到剧终，掌声虽也持久，但却犹豫。直到戏散，鱼贯而出的人群仍然没有什么热烈的表示，大家默默地走路，看天，或对视。我那朋友干脆找个没人的地方坐下来发呆。他说这戏真好。他没说真像。他说看戏的人中有说真好的，有说不好的，但没见有谁说真像或者不像。他说，无论说真好的还是说不好的，神情都似有些愕然，加上天黑，他说他在那没人的地方坐了很久，心里仍然是一片愕然，以往的批评手段似乎都要作废，他说他看见了生命本身的疑难。这戏我没看。

/二十/

　　我看过一篇报告文学，讲一个叛徒的身世。这人的弟弟是个很有名望的革命者。兄弟俩早年先后参加了革命，说起来他还是弟弟的引路人，弟弟是在他的鼓动下才投身革命的。其实他跟弟弟一样对早年的选择终生无悔，即便是在他屈服于敌人的暴力之时，即便是在他饱受屈辱的后半生中，他也仍于心中默默坚守着当初的信奉。然而弟弟是受人爱戴的人，他却成了叛徒。如此天壤之别，细究因由其实简单：他怕死，怕酷刑的折磨，弟弟不怕。当然，还在于，他不幸被敌人抓去了，弟弟没这么倒霉。就是说，弟弟的不怕未经证实。于是也可以想象另一种可能：被抓去的是弟弟，不是他。这种可能又引出另外两种可能：一是弟弟确实不怕死，也不怕折磨，这样的话世上就会少一个叛徒，多一个可敬的人；二是弟弟也怕，结果呢，叛徒和可敬的人数目不变，只不过兄弟俩倒了个过儿。

谁是叛徒无关紧要，就像谁是哥谁是弟并不要紧，要紧的是世上确有哥哥这样的人，确有这样饱受折磨的心。知道世上有这样的人的那天，我也是找了个没人的地方呆坐很久，心中全是愕然，以往对叛徒的看法似乎都在动摇。我慢慢地看见，勇猛与可敬之外还有着更为复杂的人生处境。我看见一片蛮荒的旷野，神光甚至也少照耀，唯一颗诉告无处的心随生命的节拍钟表一样地颤抖，永无休止。不管什么原因吧，总归有人处于这样的境地，总归有这样的心魂的绝境，你能看一看就忘了吗？我尤其想起了这样的话：人道主义者是不能使用"个别现象"这种托词的。

/二十一/

这样的事让我不寒而栗。这样的事总向我提出这样的问题：你是他，你怎么办？这问题常使我夜不能寐。一边是屈辱，一边是死亡，你选择什么？一边是生，是永恒的耻辱与惩罚，一边是死，或是酷刑的折磨，甚至是亲人遭连累，我怎样选择？这问题在白昼我不敢回答，在黑夜我暗自祈祷：这样的事千万别让我碰上吧。但我知道这不算回答，这唯使黑夜更加深沉。我又对自己说：倘这事真的轮到我头上，我唯求速死。可我心里又明白，这不是勇敢，也仍然不是回答，这是逃避，想逃开这两难的选择，想逃出这最无人道的处境。因为我还知道，这样的事并不由于某一个人的速死就可以结束。何况敌人不见得就让你速死，敌人要你活着，逼你就范是他们求胜的方法。然而，逼迫你的仅仅是敌人吗？不，这更像合谋，它同时也是敌人的敌人求胜的方法。在求胜的驱动之下，敌对双方一样地轻蔑了人道，践踏和泯灭着人道，那么不管谁胜，得胜的终于会是人道吗？更令人迷惑的是，这样的敌对双方，到底是因何而敌对？各自所求之胜，究竟有着怎样根本的不同？我的黑夜仍在黑夜中。而且黑夜知道，对这两难之题，是不能用逃避冒充回答的。

/二十二/

对这样的事，和这样的黑夜，我在《务虚笔记》中曾有触及，我试图走到三方当事者的位置，演算各自的心路。

大凡这类事，必具三方当事者：A——或叛徒，或英雄，或谓之"两难选择者"；B——敌人；C——自己人。演算的结果是：大家都害怕处于 A 的位置。甚至，A 的位置所以存在，正由于大家都在躲避它。比如说，B不可以放过A吗？但那样的话，B也就背叛了他的自己人，从而走到了A的位置。再比如，C不可以站出来，替下你所担心的那个可能成为叛徒的人吗？但那样C也就走到了A的位置。可见，A的位置他们都怕——既怕做叛徒，也怕做英雄，否则毫不犹豫地去做英雄就是，叛徒不叛徒的根本不要考虑。是的，都怕，A的位置这才巩固。是的，都怕，但只有A的怕是罪行。原来是这样，他们不过都把一件可怕的事推给了A，把大家的罪行推给了A去承担，然后，一方备下了屠刀、酷刑和株连，一方备下了赞美，或永生的惩罚。

/二十三/

大家心里都知道它的可怕，大家却又一起制造了它，这不荒唐吗？因此，很久以来我就想为这样的叛徒说句话。就算对那两难的选择我仍未找到答案，我也想替他问一问：他到底错在了哪儿？他不该一腔热血而做出了他年轻时的选择吗？他不该接受一项有可能被敌人抓去的工作吗？他一旦被抓住就不该再想活下去吗？或者，他就应该忍受那非人的折磨？就应该置无辜的亲人于不顾，而单去保住自己的名节，或单要保护某些同他一样承诺了责任的"自己人"吗？

我真是找不出像样的回答。但我不由得总是想：有什么理由使一个人处于如此境地？就因为他要反对某种不合理（说到底是不合人道之理）的现实，就应该处于更不人道的境地中吗？

我认真地为这样的事寻找理由，唯一能找到的是：A 的屈服不仅危及了 C，还可能危及"自己人"的整个事业。然而，倘这事业求胜的方法与敌人求胜的方法并无根本不同，将如何证明和保证它与它所反对的不合理一定就有根本的不同呢？于是我又想起了圣雄甘地的话：没有什么方法可以获得和平，和平本身是一种方法。这话也可引申为：没有什么方法可以获得人道，人道本身就是方法。那也就是说：人道存在于方法中，倘方法不人道，又如何树立人道，又怎么能反对不人道？

/二十四/

这真正是一道难题：敌人不会因为你人道，他也就人道。你人道，他很可能乘虚而入，反使其不人道得以巩固。但你若以其人之道还治其人之身呢，你就也蔑视了人道，你就等于加入了他，反使不人道壮大。仇恨的最大弊端是仇恨的蔓延，压迫的最大遗患是压迫的复制。"自己人"万勿使这难题更难吧。以牙还牙的怪圈如能有一个缺口，那必是更勇敢、更理性、更智慧的人发现的，比如甘地的方法，比如马丁·路德·金的方法。他们的发现，肯定不单是因为骨头硬，更是因为对万千独具心流更加贴近的关怀，对人道更为深彻的思索，对目的更清醒的认识。这样的勇敢，不仅要对着敌人，也要对着自己，不仅靠骨头，更要靠智慧。当然，说到底是因为：不是为了坐江山，而是为了争自由。

电视中正在播放连续剧《太平天国》。洪秀全不勇敢？但他还是要坐江山。杨秀清不勇敢？可他总是借天父之口说自己的话。天国将士不勇敢吗，可为什么万千心流汇为沉默？"天国"看似有其信仰，但人造的神不过是"天王"手中的一张牌。那神曾长了一张人嘴，人嘴倘合王意，王便率众祭拜，人嘴如若不轨，王必率众诛之，而那虚假的信仰一旦揭开，内里仍不过一场权力之争，一切轰轰烈烈立刻没了根基。

/二十五/

小时候看《三国演义》，见赵子龙在长坂坡前威风八面，于重重围困中杀进杀出，斩上将首级如探囊取物，不禁为之喝彩。现在却常想，那些被取了首级的人是谁？多数连姓名也没有，有姓名的也不过是赵子龙枪下的一个活靶。战争当然就是这么残酷，但小说里也不曾对此多有思索，便看出文学传统中的问题。

我常设想，赵子龙枪下的某一无名死者，曾有着怎样的生活，怎样的期待，曾有着怎样的家，其家人是在怎样的时刻得知了他的死讯，或者连他的死讯也从未接到，只知道他去打仗了，再没回来，好像这人生下来就是为了在某一天消失，就是为了给他的亲人留下一个永远的牵挂，就是为了在一部中国名著中留下一行字：只一回合便被斩于马下。这个人，倘其心流也有表达，世间也许就多有一个多才多艺的鲁班，一个勤劳忠厚的董永，抑或一个风流倜傥的贾宝玉（虽然他不可能那么富贵，但他完全可能那么多情）。当然，他不必非得是名人，是个普通人足够。但一个普通人的心流，并非普遍情感就可以概括，倘那样概括，他就仍只是一个王命难违的士兵，一个名将的活靶，一部名著里的道具，其独具的心流便永远还是沉默。

/二十六/

我的一位已故艺术家朋友，生前正做着一件事：用青铜铸造一千个古代士兵的首级，陈于荒野，面向苍天。我因此常想象那样的场面。我因此能看见那些神情各异的容颜。我因此能够听见他们的诉说——一千种无人知晓的心流在天地间浪涌风驰。实际上，他们一代一代在那荒野上聚集，已历数千年。徘徊，等待，直到我这位朋友来了，他们才有可能说话了。真不知苍天何意，竟让我这位朋友猝然而逝，使这件事未及完成。我这位艺术家朋友，名叫：甘少诚。

/二十七/

叛徒（指前述那样的叛徒，单为荣华而出卖朋友的一类此处不论）就正是由普遍情感所概括出的一种符号，千百年中，在世人心里，此类人等都有着同样简化的形象和心流。在小说、戏剧和电影中，他们只要符合了那简化的统一（或普遍），便是"真像"，便在观众中激起简化而且统一的情感，很少有人再去想：这一个人，其处境的艰险，其心路的危难。

恨，其实多么简单，朝他吐唾沫就是，扔石头就是。

《圣经》中有一个类似的故事，看耶稣是怎么说吧：法利赛人抓来一个行淫的妇女，认为按照摩西的法律应该用石头砸死她，他们等待耶稣的决定。耶稣先是在地上写下一行字，众人追问那字的意思，耶稣于是站起来说，你们中谁没有犯过罪，就去用石头砸死她吧。耶稣说完又在地上写字。那些人听罢纷纷离去……

因此，我想，把那个行淫的妇女换成那个叛徒，耶稣的话同样成立：你们中谁不曾躲避过 A 的位置，就可以朝他吐唾沫、扔石头。

如果人们因此而犹豫，而看见了自己的恐惧和畏缩，那便是绝对信仰在拷问相对价值的时刻。那时，普遍情感便重新化作万千独具的心流。那时，万千心流便一同朝向了终极的关怀。于是就有了忏悔，于是忏悔的意义便凸显出来。比如，这忏悔的人群中如果站着 B 和 C，是否在未来，就可以希望不再有 A 的位置了呢？

/二十八/

众人走后，耶稣问那妇女：没有人留下定你的罪吗？答：没有。耶稣说：那我也就不定你的罪，只是你以后不要再犯。这就是说，罪仍然是罪，不因为它普遍存在就不是罪。只不过耶稣是要强调：罪，既然普遍存在于人的心中，那么，忏悔对于每一个人就都是必要。

有意思的是，当众人要耶稣做决定时，耶稣为什么在地上写字？为什么耶稣说完那些话，又在地上写字？我一直想不透。他是说"字写的法律与心做的忏悔不能同日而语"吗？他是说"字写的简单与心写的复杂不可等量齐观"吗？或者，他是说"字写的语言有可能变成人对人的强暴，唯对万千心流深入的体会才是爱的祈祷"？但也许他是取了另一种角度，说：字，本当从沉默的心中流出。

/二十九/

对于 A 的位置，对于这位置所提出的问题，我仍不敢说已经有了回答，比这远为复杂的事例还很多。我只是想，所有的实际之真，以及所谓的普遍情感，都不是写作应该止步的地方。文学和艺术，从来都是向着更深处的寻觅，当然是人的心魂深处。而且这样的深处，并不因为曾经到过，今天就无必要。其实，今天，绝对的信仰之光正趋淡薄，日新月异的生活道具正淹没着对生命意义的寻求。上帝的题面一变，人就发昏，原来会做的题也不会了；甚至干脆不做了，既然窗外有着那么多快乐的诱惑。看来，靡非斯特跟上帝的赌博远未结束，而且人们正在到处说着那句可能使魔鬼获胜的话。

插队时，村中有所小学，小学里有个奇怪的孩子，他平时替他爹算工分，加加减减一丝不乱，可你要是给他出一道加减法的应用题，比如说某工厂的产值，或某公园里的树木，或某棵树上的鸟，加来减去他把脚丫子也用上还是算不清。我猜他一定是让工厂呀、公园呀、树和鸟呀给闹乱了，那些玩意儿怎么能算得清？别小看靡非斯特吧，它把生活道具弄得越来越邪乎，于中行走容易找不着北。

/三十/

我想我还是有必要浪费一句话：舍生取义是应该赞美的，为信仰而献身更是美德。但是，这样的要求务须对着自己，倘以此去强迫他人，其"义"或"信仰"本身就都可疑。

/三十一/

"我不能说"，不单因为惧怕权势，还因为惧怕舆论，惧怕习俗，惧怕知识的霸道。原是一份真切的心之困境，期望着交流与沟通，眺望着新路，却有习俗大惊失色地叫："黄色！"却有舆论声色俱厉地喊："叛徒！"却有霸道轻蔑地说："你看了几本书，也来发言？"于是黑夜为强大的白昼所迫，重回黑夜的孤独。

入夜之时，心神如果不死，如果不甘就范，你去听吧，也许你就能听见如你一样的挣扎还在黑夜中挣扎，如你一样的眺望还在黑夜中眺望。也许你还能听见诗人西川的话：我打开一本书／一个灵魂就苏醒／……／我阅读一个家族的预言／我看到的痛苦并不比痛苦更多／历史仅记录少数人的丰功伟绩／其他人说话汇合为沉默……

你不必非得看过多少本书，但你要看重这沉默，这黑夜，它教会你思想而不单是看书。你可以多看些书，但世上的书从未被哪一个人看完过，而看过很多书却没有思想能力的人却也不少。

/三十二/

中国的电影和戏剧，很少这黑夜的表达，满台上都是模仿白昼，在细巧之处把玩表面之真。旧时闺秀，新潮酷哥，请安、跪拜、作揖、接吻，虽惟妙惟肖却只一副外壳。大家看了说一声"真像"，于是满足，可就在回家的路上也是各具心流，与那白昼的"真"和"像"迥异。黑夜已在白昼插科打诨之际降临，此刻心里正有着另一些事，另一些令心魂不知所从的事，不可捉摸的心流眺望着不可捉摸的前途，困顿与迷茫正与黑夜汇合。然而看样子他们似乎相信，这黑夜与艺术从来吃的是两碗饭，电影、戏剧和杂技唯做些打岔的工作，以使这黑夜不要深沉，或在你耳边嘀咕：黑夜来了，白昼还会远吗？人们习惯于白昼，看不起黑夜：困顿和迷茫怎么能有美呢？怎么能上得舞台和银幕呢？每个人的心流都是独特，有几个人能为你喊一声"真像"？唔，艺术已经认不出黑夜了，黑夜早已离开了它，唯白昼为之叫卖、喝彩。真不知是中国艺术培养了中国观众，还是中国观众造就了中国艺术。

你看那正被抢救的传统京剧，悦目悦耳，是可以怡然自得半躺半仰着听的，它要你忘忧，不要你动心，虽常是夜场但与黑夜无关，它是冬天里的春天、黑夜中的白昼。不是说它不该被抢救，任何历史遗迹都要保护，但那是为了什么呢？看看如今的圆明园，像倒还是有得可像——比如街心花园，但荒芜悲烈的心流早都不见。

/三十三/

夜深人静，是个人独对上帝的时候。其他时间也可以，但上帝总是在你心魂的黑夜中降临。忏悔，不单是忏悔白昼的已明之罪，更是看那暗中奔溢着的心流与神的要求有着怎样的背离。忏悔不是给别人看的，甚至也不是给上帝看的，而是看上帝，仰望他，这仰望逼迫着你诚实。这诚实，不止于对白昼的揭露，也不非得向别人交代问题，难言之隐完全可以藏在肚里，但你不能不对自己坦白，不能不对黑夜坦白，不能不直视你的黑夜：迷茫、曲折、绝途、丑陋和恶念……一切你的心流你都不能回避。因为看不见神的人以为神看不见，但"看不见而信的人是有福的"，于是神使你看见——神以其完美、浩瀚使你看见自己的残缺与渺小，神以其无穷之动使你看见永恒的跟随，神以其宽容要你悔罪，神以其严厉为你布设无边的黑夜。因此，忏悔，除去低头还有仰望，除知今是而昨非还要询问未来，而这绝非白昼的戏剧可以通达，绝非"像"可能触及，那是黑夜要你同行啊，要你说：是！

这样的忏悔从来是第一人称的。"你要忏悔"——这是神说的话，倘由人说就是病句。如同早晨醒来，不是由自己而是由别人说你做了什么梦，岂不奇怪？忏悔，是个人独对上帝的时刻，就像梦，别人不得参与。好梦成真大家祝贺，坏梦实行，众人当然要反对。但好梦坏梦，止于梦，别人就不能管，别人一管就比坏梦还坏，或正是坏梦的实行。君不见"文革"时的"表忠心"和"狠斗私心一闪念"，其坏何源？就因为人说了神的话。

/三十四/

坏梦实行固然可怕，强制推行好梦，也可怕。诗人顾城的悲剧即属后一种。我不认识顾城，只读过他的诗，后来又知道了他在一个小岛上的故事。无论是他的诗，还是他在那小岛上的生活，都蕴藏着美好的梦想。他同时爱着两个女人，他希望两个女人互相也爱，他希望他们三个互相都爱。这有什么不好吗？至少这是一个美丽的梦想。这不可能吗？可不可能是另外的问题，好梦无不期望着实现。我记得他在书中写过，他看着两个女人在阳光下并肩而行，和平如同姐妹，心中顿生无比的感动。这感动绝无虚伪。在这个越来越以经济指标为衡量标准的社会，在这个心魂越来越要相互躲藏的人间，诗人选中那个小岛做其圆梦之地，养鸡为生，过最简朴的生活，唯热烈地供奉他们的爱情，唯热切盼望那超俗的爱情能够长大。这样的梦想不美吗？倘其能够实现，怎么不好？可问题不在这儿。问题是：好梦并不统一，并不由一人制订，若把他人独具的心流强行编入自己的梦想，一切好梦就都要结束。

看顾城的书时，我心里一直盼望着他的梦想能够实现。但这之前我已经知道了那结尾是一次屠杀，因此我每看到一处美丽的地方，都暗暗希望就此打住，停下来，就停在这儿，你为什么不能就停在这儿呢？于是我终于看见，那美丽的梦想后面，还有一颗帝王的心：强制推行，比梦想本身更具诱惑。

/三十五/

B 和 C 具体是谁并不重要。麻烦的是，这样的逻辑几乎到处存在。比如在朋友之间，比如在不尽相同的思想或信仰之间，也常有 A、B、C 式的矛盾。甚至在孩子们模拟的"战斗"中，A 的位置也是那样原原本本。

我记得小时候，在幼儿园玩过一种"骑马打仗"的游戏，一群孩子，一个背上一个，分成两拨，互相"厮杀"，拉扯、冲撞、下绊子，人仰马翻者为败。老师满院子里追着喊：别这样，别这样，看摔坏了！但战斗正未有穷期。这游戏本来很好玩，可不知怎么一来，又有了对战俘的惩罚：弹脑崩儿，或连人带马归顺敌方。这就又有了叛徒，以及对叛徒更为严厉的惩罚。叛徒一经捉回，便被"游街示众"，被人弹脑崩儿、拧耳朵（相当于吐唾沫、扔石头）。到后来，天知道怎么这惩罚竟比"战斗"更具诱惑了，无需"骑马打仗"，直接就玩起这惩罚的游戏来。可谁是被惩罚者呢？便涌现出一两个头领，由他们说了算。于是，为免遭惩罚，孩子们便纷纷效忠那一两个头领。然而这游戏要玩下去，不能没有被惩罚者呀？可怕的日子于是到了。我记得从那时起，每天早晨我都要找尽借口，以期不必去那幼儿园。

/三十六/

不久前，我偶然读到一篇英语童话——我的英语好到一看便知那是英语，妻子把它变成中文：战争结束了，有个年轻号手最后离开战场，回家。他日夜思念着他的未婚妻，路上更是设想着如何同她见面，如何把她娶回家。可是，等他回到家乡，却听说未婚妻已同别人结婚；因为家乡早已流传着他战死沙场的消息。年轻号手痛苦之极，便又离开家乡，四处漂泊。孤独的路上，陪伴他的只有那把小号，他便吹响小号，号声凄婉悲凉。有一天，他走到一个国家，国王听见了他的号声，使人把他唤来，问他：你的号声为什么这样哀伤？号手便把自己的故事讲给国王。国王听了非常同情他……看到这儿我就要放下了，猜那又是个老掉牙的故事，接下来无非是国王很喜欢这个年轻号手，而他也表现出不俗的才智，于是国王把女儿嫁给了他，最后呢？肯定是他与公主白头偕老，过着幸福的生活。妻子说不，说你往下看：……国王于是请国人都来听这号手讲他自己的故事，并听那号声中的哀伤。日复一日，年轻人不断地讲，人们不断地听，只要那号声一响，人们便来围拢他，默默地听。这样，不知从什么时候起，他的号声已不再那么低沉、凄凉。又不知从什么时候起，那号声开始变得欢快、嘹亮，变得生气勃勃了。故事就这么结束了。就这么结束了？对，结束了。当意识到它已经结束了的时候，忽然间我热泪盈眶。

我已经五十岁了。一个年至半百的老头子竟为这么一篇写给孩子的故事而泪不自禁，其中的原因一定很多，多到我自己也说不清。不过我一下子就想起了我的幼儿园，想起了那惩罚的游戏。我想，这不同的童年消息，最初是从哪儿出发的？

病隙碎笔 4

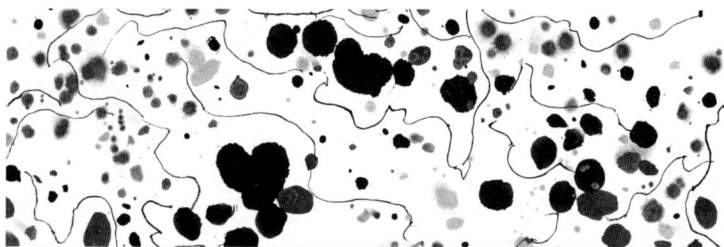

看见苦难的永恒，实在是神的垂怜——唯此才能
真正断除迷执，相信爱才是人类唯一的救助。这
爱，不单是友善、慈悲、助人为乐，它根本是你
自己的福。这爱，非居高的施舍，乃谦恭的仰望，
接受苦难，从而走向精神的超越。

/一/

有位学者朋友给我写信，说我是"证明了神性，却不想证明神"。老实说，前半句话我绝不敢当，秉性愚钝的我只是用着傻劲儿，希望能够理解神性，体会神性；而对后半句话我又不想承认。不过确实，在我看来，证明神性比证明神更要紧。理由是：没有信仰固然可怕，但假冒的"神"更可怕——比如造人为神。事实是，信仰缺失之地未必没有崇拜，神性不明之时，强人最易篡居神位。我们几时缺了"神"吗？灶王、财神、送子娘娘……但那多是背离着神性的偶像，背离着信仰的迷狂。这类"神明"也有其性，即与精神拯救无关，而是对肉身福乐的期许；比如对权、财的攀争，比如"乐善好施"也只图"来生有报"。这不像信仰，更像是行贿或投资。所以，证明神务先证明神性，神性昭然，其形态倒不妨入乡随俗。况且，其实，唯对神性的追问与寻觅，是实际可行的信仰之路。

/二/

我读书少，宗教知识更少，常发怵与学者交谈。我只是活出了一些问题，便思来想去，又因能力有限，所以希望以尽量简单的逻辑把信仰问题弄弄明白。

那位学者朋友还说，我是"尽可能避开认同佛教"。这判断有点儿对。但这点儿对，并不是指"尽可能避开"，而是说我确实对一些流行的佛说有着疑问。

大凡宗教，都相信人生是一次苦旅（或许这正是宗教的起因吧），但是，对苦难的原因则各说不一，因而对待苦难的态度也不相同。流行的佛说（我对佛学、佛教所知甚微，故以"流行的"做出限定）相信，人生之苦出自人的欲望，如：贪、嗔、痴；倘能灭断这欲望，苦难就不复存在。这就预设了一种可能：生命中的苦难是可以消灭的，若修行有道，无苦无忧的极乐世界或者就在今生，或者可期来世。来世是否真确大可不论，信仰所及，无需实证。但问题是：

/三/

脱离一己之苦可由灭断一己之欲来达成，但是众生之苦犹在，一己就可以心安理得吗？众生未度，一己便告无苦无忧，这虽不该嫉妒甚至可以祝贺，但其传达的精神取向，便很难相信还是爱的弘扬，而明显接近着争的逻辑了。

争天堂，与争高官厚禄，很容易走成同一种心情。种什么神根，得什么俗果。猪八戒对自己仅仅得了个罗汉位耿耿于怀，凡夫俗子为得不到高级职称而愤愤不平就有了神据。我是说，这逻辑用于俗世实属无奈，若再用于信仰岂不教人沮丧？大凡信仰，正当在竞争福乐的逻辑之外为人生指引前途，若仍以福乐为期许，岂不倒要助长了贪、嗔、痴？

（眼下"欧锦赛"正是如火如荼，荷兰球星博格坎普在批评某一球队时有句妙语："他们是在为结果踢球。"博格坎普因此已然超出球星，可入信者列了。因信称义，而不是因结果，而信恰在永远的过程中。）

/四/

　　如何使众生不苦呢？强制地灭欲显然不行。劝诫与号召呢？当然可以，但未必有效。这个人间的特点是不可能没有矛盾，不可能没有差别和距离，因而是不可能没有苦和忧的。再怎么谴责忧苦的众生太过愚顽，也是无济于事，无济于事而又津津乐道，倒显出不负责任。天旱了不下雨，可以无忧吗？孩子病了无医无药，怎能无苦？而水利和医药的发展正是包含着多少人间的苦路，正是由于人类的多少梦想和欲望呀。享用着诸多文明成果的隐士，悠然地谴责创造诸多文明的俗人，这样的事多少有些滑稽。当然，对此可以有如下反驳：要你断灭的是贪、嗔、痴，又没教你断灭所有的欲望。但是，仅仅断灭了贪、嗔、痴并不能就有一个无苦无忧的世界；久旱求雨是贪吗？孤苦求助是痴吗？那么，诸多与生俱来的忧苦何以救赎？可见无苦无忧的许诺很成问题。再要么就是断灭人的所有欲望，但那样，你最好就退回到植物去，一切顺其自然，不要享用任何人类文明，也不必再有什么信仰。苦难呼唤着信仰，倘信仰只对人说"你不当自寻烦恼"，这就像医生责问病人：没事儿撑的你生什么病？

　　我赞成祛除贪、嗔、痴的教诲，赞成人类的欲望应当有所节制（所以我也不是"尽可能避开认同佛教"），但仅此，我看还不能说就找到了超越苦难的路。

/五/

以无苦无忧的世界为目标，依我看，会助长人们逃避苦难的心理，因而看不见人的真实处境，也看不见信仰的真意。

常听人讲起一个故事，说是一个忙碌的渔夫在海滩上撞见一个悠闲的同行，便谴责他的懒惰。同行懒洋洋地问：可你这么忙到底为了什么？忙碌者说：有朝一日积攒起足够的财富，我就可以不忙不累优哉游哉地享受生命了。悠闲者于是笑道：在下当前正是如此。这故事明显是赞赏那悠闲者的明智。但若多有一问，这赞赏也许就值得推敲：倘遇灾年，这悠闲者的悠闲何以为继？倘那忙碌的渔夫给他送来救济，这明智的同行肯定拒不接受而情愿饿死吗？

这并不是说我已经认同了那位忙碌的人士，其实他与那悠闲者一样，只不过他的"无苦无忧"是期待着批发，悠闲者则偏爱零买零卖。要紧的是还有一问：倘命运像对待约伯那样，把忙碌者之忙碌的成果悉数摧毁，或不让悠闲者有片刻悠闲而让他身患顽疾，这怎么办？在一条忧苦随时可能袭来的地平线上，是否就能望见一点真信仰的曙光了？

/六/

再有，以福乐为许诺——你只要如何如何，便可抵达俗人不可抵达的极乐之地——这在逻辑上太近拉拢。以拉拢来推销信仰，这"信仰"非但靠不住，且很容易变成推销者的福利与权柄。

比如潇洒的人，他只要说一句"小乐足矣，不必天堂"，便可弃此信仰于一旁，放心大胆去数钞票了。是嘛，天堂唯乐，贪官也乐，天堂尚远，钞票却近，况乎见乐取小，岂不倒有风度？我是说，以福乐相许，信仰难免混于俗行。

再看所谓的"虔诚者"。福乐许诺之下的虔诚者，你说他的终极期待能是什么？于是就难辨哪一笔捐资是出于爱心，哪一笔献款其实是广告，是盯着其后更大的经济收益。你说这是不义，但"圣者"可以隔世投资以求来生福乐，我辈不才，为什么就不能投一个现世之资，求福乐于眼下？商品社会，如是种种就算无可厚非，但不知不觉信仰已纳入商业轨道，这才是问题。逻辑太重要，方法太重要，倘信仰不能给出一个非同凡响的标度，神就要在俗流中做成权贵或巨贾了。

再说最后的麻烦。天堂若非一个信仰的过程，而被确认为一处福乐的终点，人们就会各显神通，多多开辟通往天堂的专线。善行是极乐世界的门票，好，施财也算善行，烧香也算，说媒也算，杀恶人（我说他恶）也算，强迫他人行"善"（我说是善）也算……什么？我说了不算？那么请问：谁说了算？要是谁说了都不算，这"信仰"岂不作废？所以终于得有人说了算——替天行道。于是，造人为神的事就有了，其恶果不言自明。关键是，这样的事必然要出现，因为：许诺福乐原非神之所为，乃人之所愿，是人之贪婪酿造的幻景，人不出面谁出面？

/七/

看看另一种信仰是怎么说吧：人是生而有罪的。这不仅是说，人性先天就有恶习，因而忏悔是永远要保有的品质，还是说，人即残缺，因而苦难是永恒的。这样的话不大招人喜欢，但却是事实（非人之所愿，恰神之所为）。不过，要紧的还不在于这是事实，而在于因此信仰就可能有了非同凡响的方向。

看见苦难的永恒，实在是神的垂怜——唯此才能真正断除迷执，相信爱才是人类唯一的救助。这爱，不单是友善、慈悲、助人为乐，它根本是你自己的福。这爱，非居高的施舍，乃谦恭的仰望，接受苦难，从而走向精神的超越。这样的信仰才是众妙之门。其妙之一：这样的一己之福人人可为，因此它又是众生之福——不是人人可以无苦无忧，但人人都可因爱的信念而有福。其妙之二：不许诺实际的福乐，只给人以智慧、勇气和无形的爱的精神。这，当然就不是人际可以争夺的地位，而是每个人独对苍天的敬畏与祈祷。其妙之三：天堂既非一处终点，而是一条无终的皈依之路，这样，天堂之门就不可能由一二强人去把守，而是每个人直接地谛听与领悟，因信称义，不要谁来做神的代办。

/八/

再有，人既看见了自身的残缺，也就看见了神的完美，有了对神的敬畏、感恩与赞叹，由是爱才可能指向万物万灵。现在的生态保护思想，还像是以人为中心，只是因为经济要持续发展而无奈地保护生态，只是出于使人活得更好些，不得已而爱护自然。可什么是好些呢？大约还得是人说了算，而物质的享乐与奢华哪有尽头？至少现在，到处都一样，好像人的最重要的追求就是经济增长，好像人生来就是为了参加一场物质占有的比赛。而这比赛一开始，欲望就收不住，生态早晚要遭殃。这不是哪一国的问题，这是全人类的问题，因而这不完全是政治问题，根本是信仰问题。人为什么不能在精神方面自由些再自由些，在物质方面简朴些再简朴些呢？是呀，这未免太浪漫，离实际有些远，但严谨的实际务要有飞扬的浪漫一路同行才好。人用脑和手去工作、去治理，同时用心去梦想；一个美好的方向不是计算出来的，很可能倒是梦想的指引。总之，人为什么不能以万物的和谐为重，在神的美丽作品中"诗意地栖居"

呢？诗意地栖居是出于对神的爱戴，对神的伟大作品的由衷感动与颂扬，唯此生态才可能有根本的保护。经济性的栖居还是以满足人的物欲为要，地球则难免劫难频仍，苟且偷生。

/九/

说到人格的神，我总不大以为然。神自有其神格，一定要弄得人格兮兮有什么好处？神之在，源于人的不足和迷惑，是人之残缺的完美比照。一定要为神在描画一个人形证明，常常倒阻碍着对神的认信。神的模样，莫如是虚。虚者，非空非无，乃有乃大，大到无可超乎其外。其实，一切威赫的存在，一切命运的肇因，一切生与死的劫难，一切旷野的呼告和信心，都已是神在的证明。比如，神于西奈山上以光为显现，指引了摩西。我想，神就是这样的光吧，是人之心灵的指引、警醒、监督和鼓励。不过还是那句话，只要神性昭然，神形不必求其统一。

/十/

我是个愚顽的人，学与思都只由于心中的迷惑，并不很明晰学理、教义和教规。人生最根本的两种面对，无非生与死。对于生，我从基督精神中受益；对于死，我也相信佛说。通常所谓的死，不过是指某一生理现象的中断，但其实，宇宙间无限的消息并不因此而有丝毫减损，所以，死，必牵系着对整个宇宙之奥秘的思悟。对此，佛说常让我惊佩。顿悟是智者的专利，愚顽如我者只好倚重一个渐字。

任何宗教或信仰，我看都该分清其源和流。一则，千百年中，源和流可能已有大异。二则，一切思想和智慧必是以流而传之，即靠流传而存在。三则，唯在流中可以思源，可以有对神性的不断的思悟，而这样的思悟才是信仰之路。我是说，要看重流。流，既可流离神性，也可历经数代人的思悟而更其昭然，更其丰沛浩荡。

当有人劝我去佛堂烧炷高香，求佛不断送来好运，或许能还给我各项健康时，我总犹豫。不是不愿去朝拜（更不是不愿意忽然站起来），佛法博大精深，但我确实不认为满腹功利是对佛法的尊敬。便去烧香，也不该有那样的要求，不该以为命运欠了你什么。莫非是佛一时疏忽错有安排，倒要你这凡夫俗子去提醒一二？唯当去求一份智慧，以醒贪迷。

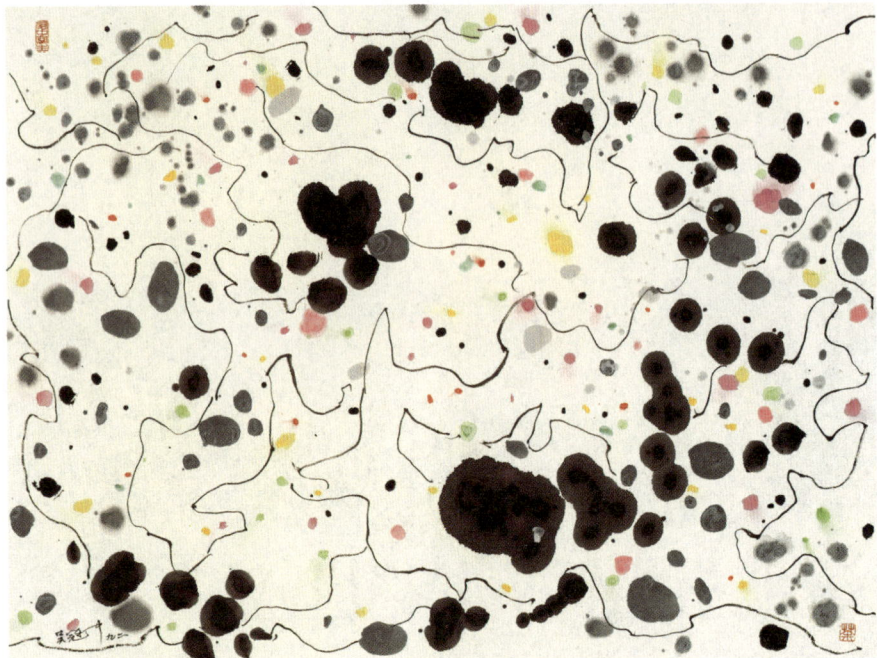

我经由光阴，经由山水，经由乡村和城市，同样我也经由别人，经由一切他者以及由之引生的思绪和梦想而走成了我。那路途中的一切，有些与我擦肩而过从此天各一方，有些便永久驻进我的心魂，雕琢我，塑造我，锤炼我，融入我而成为我。我原是不住的游魂，原是一路汇聚着的水流，浩瀚宇宙中一缕消息的传递，一个守法的公民并一个无羁无绊的梦。

爱却艰难，心魂的敞开甚至危险。他人也许正是你的地狱，那儿有心灵的伤疤结成的铠甲，有防御的目光铸成的刀剑，有语言排布的迷宫，有笑靥掩蔽的陷阱。在那后面，当然，仍有孤独的心在战栗，仍有未息的对沟通的渴盼。

喜好清静如佛者，也难免情系人间。我还是不能想象人人都成了佛的图景，人人都是一样，岂不万籁俱寂？人人都已圆满，生命再要投奔何方？那便连佛也不能有。佛乃觉悟，是一种思绪。一团圆满一片死寂，思之安附，悟从何来？所以有"烦恼即菩提"的箴言。

生命的意义却似轮回，每个人都得从头寻找，唯在这寻找中才可能与前贤汇合，唯当走过林莽，走过激流，走过深渊，走过思悟一向的艰途，步上山巅之时你才能说继承。若在山腰止步，登峰之路岂不又被埋没？幸有世世代代不懈的攀登者，如西绪福斯一般重复着这样的攀登，才使梦想照耀了实际，才有信念一直缭绕于生活的上空。

条条心流暗中汇合，以白昼所不能显明的方式和路径，汇合成另一种存在，汇合成夜的戏剧。那夜我很难入睡，我听见四周巨大无比的夜的寂静里，全是那深隐、细弱、易于破碎的万千心流在喧嚣，在聚会，在呼喊，在诉说，在走出白昼之必要的规则而进入黑夜之由衷的存在。

在创作意图背后，生命的路途要复杂得多。在由完整、好看、风格独具所指引的种种构思之间，还有着另外的存在。一些深隐的、细弱的、易于破碎但又是绵绵不绝的心的彷徨，在构思的缝隙中被遗漏了，被删除了。所以这样，通常的原因是它们不大适合于制造成品，它们不够引人，不够流畅，不完整，不够惊世骇俗，难以经受市场的挑剔。

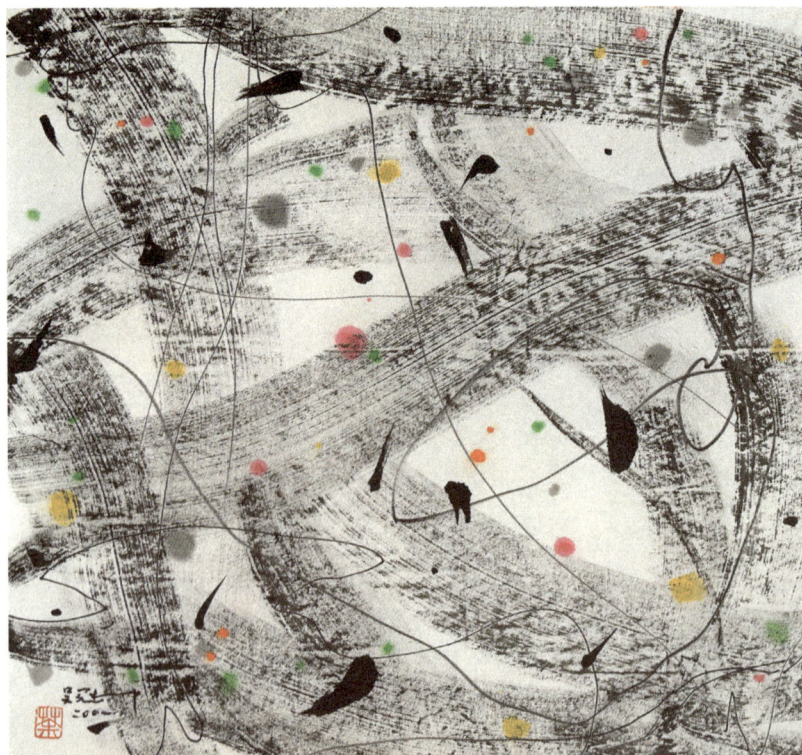

一俟有了这样的感受，那画面便活跃起来，扩展开去，使你不由得惊叹：原来还有这样的可能！于是你不单看见了一幅画，还看见了画者飞扬的激情，看见了一条渴望着创造的心迹，观者的心情也便跟随着不再拘泥一处，顿觉僵死的实际中处处都蕴藏着希望。

我不断地眺望那最初之在：一方蓝天，一条小街，阳光中缥缈可闻的一缕钟声，于恐惧与好奇之中铺筑成无限。因而我看着他的背影，看他的心流一再进入黑夜，死也不是结束。只有一句话是他的保佑："看不见而信的人是有福的。"

古园寂静，你甚至能感到神明在傲慢地看着你，以风的穿流，以云的变幻，以野草和老树的轻响，以天高地远和时间的均匀与漫长……你只有接受这傲慢的逼迫，曾经和现在都要接受，从那悠久的空寂中听出回答。

我看好《再别康桥》中的一句：轻轻的我走了，正如我
轻轻的来。在徐志摩先生，那未必是指生死，但在我看来，
那真是最好的对生死的态度，最恰当不过，用作墓志铭
再好也没有。我轻轻地走，正如我轻轻地来，扫尽尘嚣。

病隙碎笔 5

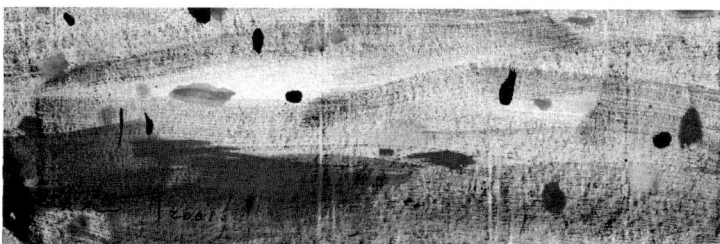

一棵树上落着一群鸟儿，把树砍了，鸟儿也就没了吗？不，树上的鸟儿没了，但它们在别处。同样，此一肉身，栖居过一些思想、情感和心绪，这肉身火化了，那思想、情感和心绪也就没了吗？不，他们在别处。倘人间的困苦从未消失，人间的消息从未减损，人间的爱愿从未放弃，他们就必定还在。

/一/

　　生命到底有没有意义？——只要你这样问了，答案就肯定是：
有。因这疑问已经是对意义的寻找，而寻找的结果无外乎有和没有；
要是没有，你当然就该知道没有的是什么。换言之，你若不知道没
有的是什么，你又是如何判定它没有呢？比如吃喝拉撒，比如生死
繁衍，比如诸多确有的事物，为什么不是？此既不是，什么才是？
这什么，便是对意义的猜想，或描画，而这猜想或描画正是意义的
诞生。

/二/

存在，并不单指有形之物，无形的思绪也是，甚至更是。有形之物尚可因其未被发现而沉寂千古，无形的思绪——比如对意义的描画——却一向喧嚣、确凿，与你同在。当然，生命中也可以没有这样的思绪和喧嚣，永远都没有，比如狗。狗也可能有吗？那就比如昆虫。昆虫也未必没有吗？但这已经是另外的问题了。

/三/

既然意义是存在的，何以还会有上述疑问呢？料其真正的疑点，或者忧虑，并不在意义的有无，而在于：第一，这类描画纷纭杂沓，到底有没有客观正确的一种？第二，这意义，无论哪一种，能否坚不可摧？即：死亡是否终将粉碎它？一切所谓意义，是否都将随着生命的结束而变得毫无意义？

/四/

如果不是所有的生命（所有的人）都有着对意义的描画与忧虑，那就是说，意义并非与生俱来。意义不是先天的赋予，而显然是后天的建立。也就是说，生命本无意义，是我们使它有意义，是"我"，使生命获得意义。

建立意义，或对意义的怀疑，乃一事之两面，但不管哪面，都是人所独具。动物或昆虫是不屑这类问题的，凡无此问题的种类方可放心大胆地宣布生命的无意义。不过它们一旦这样宣布，事情就又有些麻烦，它们很可能就此成精成怪，也要陷入意义的纠缠了。你看传说中的精怪，哪一位不是学着人的模样在为生命寻找意义？比如白娘子的"千年等一回"，比如猪八戒的梦断高老庄。

/五/

生命本无意义，是"我"使生命获得意义——此言如果不错，那就是说："我"，和生命，并不完全是一码事。

没有精神活动的生理性存活，也叫生命，比如植物人和草履虫。所以，生命二字，可以仅指肉身。而"我"，尤其是那个对意义提出诘问的"我"，就不只是肉身了，而正是通常所说的：精神，或灵魂。但谁平时说话也不这么麻烦，一个"我"字便可通用——我不高兴，是指精神的我；我发烧了，是指肉身的我；我想自杀，是指精神的我要杀死肉身的我。"我"字的通用，常使人忽视了上述不同的所指，即人之不同的所在。

/六/

不过，精神和灵魂就肯定是一码事吗？那你听听这句话："我看我这个人也并不怎么样。"——这话什么意思？谁看谁不怎么样？还是精神的我看肉身的我吗？那就不对了，"不怎么样"绝不是指身体不好，而"我这个人"则明显是就精神而言，简单说就是：我对我的精神不满意。那么，又是哪一个我不满意这个精神的我呢？就是说，是什么样的我，不仅高于（大于）肉身的我并且也高于（大于）精神的我，从而可以对我施以全面的督察呢？是灵魂。

/七/

但什么是灵魂呢？精神不同于肉身，这话就算你说对了，但灵魂不同于精神，你倒是解释解释这为什么不是胡说？

因为，还有一句话也值得琢磨："我要使我的灵魂更加清洁。"这话说得通吧？那么，这一回又是谁使谁呢？麻烦了，真是麻烦了。不过，细想，这类矛盾推演到最后，必是无限与有限的对立，必是绝对与相对的差距，因而那必是无限之在（比如整个宇宙的奥秘）试图对有限之在（比如个人处境）施加影响，必是绝对价值（比如人类前途）试图对相对价值（比如个人利益）施以匡正。这样看，前面的我必是联通着绝对价值，以及无限之在。但那是什么？那无限与绝对，其名何谓？随便你怎么叫他吧，叫什么其实都是人的赋予，但在信仰的历史中他就叫作：神。他以其无限，而真。他以其绝对的善与美，而在。他是人之梦想的初始之据，是人之眺望的终极之点。他的在先于他的名，而他的名，碰巧就是这个"神"字。

这样的神，或这样来理解神性，有一个好处，即截断了任何凡人企图冒充神的可能。神，乃有限此岸向着无限彼岸的眺望，乃相对价值向着绝对之善的投奔，乃孤苦的个人对广博之爱的渴盼与祈祷。这样，哪一个凡人还能说自己就是神呢？

/八/

精神，当其仅限于个体生命之时，便更像是生理的一种机能，肉身的附属，甚至累赘（比如它有时让你食不甘味，睡不安寝）。但当他联通了那无限之在（比如无限的人群和困苦，无限的可能和希望），追随了那绝对价值（比如对终极意义的寻找与建立），他就会因自身的局限而谦逊，因人性的丑陋而忏悔，视固有的困苦为锤炼，看琳琅的美物为道具，既知不断地超越自身才是目的，又知这样的超越乃是永远的过程。这样，他就不再是肉身的附属了，而成为命运的引领——那就是他已经升华为灵魂，进入了不拘于一己的关怀与祈祷。所以那些只是随着肉身的欲望而活的，你会说他没有灵魂。

/九/

比如希特勒，你不能说他没有精神，由仇恨鼓舞起来的那股干劲儿也是一种精神力量，但你可以说他丧失了灵魂。灵魂，必当牵系着博大的爱愿。

再比如希特勒，你可以说他的精神已经错乱——言下之意，精神仍属一种生理机能。你又可以说他的灵魂肮脏——但显然，这已经不是生理问题，而必是牵系着更为辽阔的存在，和以终极意义为背景的观照。

这就是精神与灵魂的不同。

精神只是一种能力。而灵魂，是指这能力或有或没有的一种方向，一种辽阔无边的牵挂，一种并不限于一己的由衷的祈祷。

这也就是为什么不能歧视傻人和疯人的原因。精神能力的有限，并不说明其灵魂一定龌龊，他们迟滞的目光依然可以眺望无限的神秘，祈祷爱神的普照。事实上，所有的人，不都是因为能力有限才向那无边的神秘眺望和祈祷吗？

/十/

其实，人生来就是跟这局限周旋和较量的。这局限，首先是肉身，不管它是多么聪明和健壮。想想吧，肉身都给了你什么？疾病、伤痛、疲劳、孱弱、丑陋、孤单、消化不好、呼吸不畅、浑身酸痛、某处瘙痒、冷、热、饥、渴、馋、人心隔肚皮、猜疑、嫉妒、防范……当然，它还能给你一些快乐，但这些快乐既是肉身给你的就势必受着肉身的限制。比如，跑是一种快乐，但跑不快又是烦恼，跳也是一种快乐，可跳不高还是苦闷，再比如举不动、听不清、看不见、摸不着、猜不透、想不到、弄不明白……最后是死和对死的恐惧。我肯定没说全，但这都是肉身给你的。而你就像那块假宝玉，兴冲冲地来此人间原是想随心所欲玩他个没够，可怎么先就掉进这么一个狭小黢黑的皮囊里来了呢？这就是他妈的生命？可是，问谁呢你？你以为生命应该是什么样儿？待着吧哥们儿！这皮囊好不容易捉你来了，轻易就放你走吗？得，你今后的全部任务就是跟它斗了，甭管你想干吗，都要面对它的限制。这样一个冤家对头你却怕它消失。你怕它折磨你，更怕它倏忽而逝不再折磨你——这里面不那么简单，应该有的可想。

但首先还是那个问题：谁折磨你？折磨者和被折磨者，各是哪一个你？

/十一/

有一种意见认为：是精神的你在折磨肉身的你，或灵魂的你在折磨精神的你。前者，精神总是想冲破肉身的囚禁，肉身便难免为之消损，即"为伊消得人憔悴"吧。后者，无论是"众里寻他千百度"，还是"独上高楼，望尽天涯路"，总归也都使你殚思竭虑耗尽精华。为此，这意见给你的忠告是：放弃灵魂的诸多牵挂吧，唯无所用心可得逍遥自在，或平息那精神的喧嚣吧，唯健康长寿是你的福。

还有一种意见认为：是肉身的你拖累了精神的你，或是精神的你阻碍了灵魂的你。前者，比如说，倘肉身的快感湮灭了精神的自由，创造与爱情便都是折磨，唯食与性等等为其乐事。然而，这等乐事弄来弄去难免乏味，乏味而至无聊难道不是折磨？后者呢，倘一己之欲无爱无畏地膨胀起来，他人就难免是你的障碍，你也就难免是他人的障碍，你要扫除障碍，他人也想推翻障碍，于是危机四伏，这难道不是更大的折磨？总之，一个无爱的人间，谁都难免于中饱受折磨，健康长寿唯使这折磨更长久。因此，爱的弘扬是这种意见看中的拯救之路。

/十二/

但是，当生命走到尽头，当死亡向你索要不可摧毁的意志之时，便可看出这两种意见的优劣了。

如果生命的意义只是健康长寿（所谓身内之物），死亡便终会使它片刻间化作乌有，而在此前，病残或衰老必早已使逍遥自在遭受了威胁和嘲弄。这时，你或可寄望于转世来生，但那又能怎样呢？路途是不可能没有距离的，存在是不可能没有矛盾的，生是不可能绕过死的，转世来生还不是要重复这样的逍遥和逍遥的被取消，这样的长寿和长寿的终于要完结吗？那才真可谓是轮回之苦哇！

但如果，你赋予生命的是爱的信奉，是更为广阔的牵系，并不拘于一己的关怀，那么，一具肉身的溃朽也能使之灰飞烟灭吗？

好了，最关键的时刻到了，一切意义都不能逃避的问题来了：某一肉身的死亡，或某一生理过程的中止，是否将使任何意义都掉进同样的深渊，永劫不复？

/十三/

如果意义只是对一己之肉身的关怀，它当然就会随着肉身之死而烟消云散。但如果，意义一向牵系着无限之在和绝对价值，它就不会随着肉身的死亡而熄灭。事实上，自古至今已经有多少生命死去了呀，但人间的爱愿却不曾有丝毫的减损，终极关怀亦不曾有片刻的放弃！当然困苦也是这样，自古绵绵无绝期。可正因如此，爱愿才看见一条永恒的道路，终极关怀才不至于终极地结束，这样的意义世代相传，并不因任何肉身的毁坏而停止。

也许你会说：但那已经不是我了呀！我死了，不管那意义怎样永恒又与我何干？可是，世世代代的生命，哪一个不是"我"呢？哪一个不是以"我"而在？哪一个不是以"我"而问？哪一个不是以"我"而思，从而建立起意义呢？肉身终是要毁坏的，而这样的灵魂一直都在人间飘荡，"秦时明月汉时关"，这样的消息自古而今，既不消逝，也不衰减。

/十四/

你或许要这样反驳：那个"我"已经不是我了，那个"我"早已经不是（比如说）史铁生了呀！这下我懂了，你是说：这已经不是取名为史铁生的那一具肉身了，这已经不是被命名为史铁生的那一套生理机能了。

但是，首先，史铁生主要是因其肉身而成为史铁生的吗？其次，史铁生一直都是同一具肉身吗？比如说，三十年前的史铁生，其肉身的哪一个细胞至今还在？事实上，那肉身新陈代谢早不知更换了多少回！三十年前的史铁生——其实无需那么久——早已面目全非，背驼了，发脱了，腿残了，两个肾又都相继失灵……你很可能见了他也认不出他了。总之，仅就肉身而论，这个史铁生早就不是那个史铁生了，你再说"那已经不是我了"还有什么意思？

/十五/

可是，你总不能说你就不是史铁生了吧？你就是面目全非，你就是更名改姓，一旦追查起来你还得是那个史铁生。

好吧你追查，可你的追查根据着什么呢？根据基因吗？据说基因也将可以更改了。根据生理特征吗？你就不怕那是个克隆货？根据历史吗？可书写的历史偏又是任人打扮的小姑娘。你还能根据什么？根据什么都不如根据记忆，唯记忆可使你在一具"纵使相逢应不识"的肉身中认出你曾熟悉的那个人。根据你的记忆唤醒我的记忆，根据我的记忆唤醒你的记忆，当我们的记忆吻合时，你认出了我，认出了此一史铁生即彼一史铁生。可我们都记忆起了什么呢？我曾有过的行为，以及这些行为背后我曾有过的思想、情感、心绪。对了，这才是我，这才是我这个史铁生，否则他就是另一个史铁生，一个也可以叫作史铁生的别人。就是说，史铁生的特点不在于他所栖居过的某一肉身，而在于他曾经有过的心路历程，据此，史铁生才是史铁生，我才是我。不信你跟那个克隆货聊聊，保准用不了多一会儿你就糊涂，你就会问：哥们儿你到底是谁呀？这有点儿"我思故我在"的意思。

/十六/

打个比方：一棵树上落着一群鸟儿，把树砍了，鸟儿也就没了吗？不，树上的鸟儿没了，但它们在别处。同样，此一肉身，栖居过一些思想、情感和心绪，这肉身火化了，那思想、情感和心绪也就没了吗？不，他们在别处。倘人间的困苦从未消失，人间的消息从未减损，人间的爱愿从未放弃，他们就必定还在。

树不是鸟儿，你不能根据树来辨认鸟儿。肉身不是心魂，你不能根据肉身来辨认心魂。那鸟儿若只看重那棵树，它将与树同归于尽。那心魂若只关注一己之肉身，他必与肉身一同化作乌有。活着的鸟儿将飞起来，找到新的栖居。系于无限与绝对的心魂也将飞起来，永存于人间；人间的消息若从不减损，人间的爱愿若一如既往，那就是他并未消失。那爱愿，或那灵魂，将继续栖居于怎样的肉身，将继续有一个怎样的尘世之名，都无关紧要，他既不消失，他就必是以"我"而在，以"我"而问，以"我"而思，以"我"为角度去追寻那亘古之梦。这样说吧：因为"我"在，这样的意义就将永远地被猜疑，被描画，被建立，永无终止。

这又是"我在故我思"了。

/十七/

人所以成为人，人类所以成为人类，或者人所以对类有着认同，并且存着骄傲，也是由于记忆。人类的文化继承，指的就是这记忆。一个人的记忆，是由于诸多细胞的相互联络，诸多经验的积累、延续和创造；人类的文化也是这样，由于诸多个体及其独具的心流相互沟通、继承和发展。个人之于人类，正如细胞之于个人，正如局部之于整体，正如一个音符之于一曲悠久的音乐。

但这里面常有一种悲哀，即主流文化经常湮灭着个人的独特。主流者，更似万千心流的一个平均值，或最大公约数，即如诗人西川所说：历史仅记录少数人的丰功伟绩／其他人说话汇合为沉默。在这最大公约中，人很容易被描画成地球上的一种生理存在，人的特点似乎只是肉身功能（比之于其他生命）的空前复杂，有如一台多功能的什么机器。所以，此时，艺术和文学出面。艺术和文学所以出面，就为抗议这个最大公约，就为保存人类丰富多彩的记忆，以使人类不单是一种多功能肉身的延续。

/十八/

生命是什么？生命是永恒的消息赖以传扬的载体。因那无限之在的要求，或那无限之在的在性，这消息必经某种载体而传扬。就是说，这消息，既是在的原因，也是在的结果。否则它不在。否则什么问题都没有。否则我们无话可说，如同从不吱声的X。X是什么？废话，它从不吱声怎么能知道它是什么？

它是什么，它就传扬什么消息，反过来也一样，它传扬什么消息，它就是什么。并非是先有了消息，之后有其载体，不不，而是这消息，或这传扬，已使载体被创造。那消息，曾经比较简陋，比较低级，低级到甚至谈不上意义，只不过是蠕动，是颤抖，是随风飘扬，或只是些简单的欲望，由水母来承载就够了，有恐龙来表达就行了。而一种复杂而高贵的消息一旦传扬，人便被创造了。是呀，当亚当取其一根肋骨，当他与夏娃一同走出伊甸园，当女娲在寂寞的天地间创造了人，那都是由于一种高贵的期待在要求着传扬啊！亚当、夏娃、女娲，或许都是一种描画，但那高贵的消息确实在传扬，确实的传扬就必有其确实的起点，这起点何妨就叫作亚当、夏娃，女娲和伏羲呢？正如神的在先于神的名，其名用了哪几个字本无需深虑。传说也正是这样：亚当和夏娃走出伊甸园，人类社会从而开始。女娲和伏羲的传说大致也是如此。

/十九/

但这消息已经是高贵得不能再高贵了吗？只要你注意到了人性的种种丑恶，肉身的种种限制，你就是在谛听或仰望那更为高贵的消息了。那更为高贵的消息，也许不能再经由蛋白质所建构的肉身来传扬，不能再以三维的有形而存在，或者仅仅是因为我们受这三维肉身的限制而不能直接与它相遇，甚至不能逻辑性地与之沟通，因而要以超越时空的梦想、描画和祈祷来追寻它，来使这区区肉身所承载的消息得以辽阔，得以升华。这便是信仰无需实证的原因；

实证必为有限之实，信仰乃无限之虚的呼唤。

/二十/

因而也可以猜想，生命未必仅限于蛋白质的建构，很可能有着千变万化的形式，这全看那无限的消息要求着怎样的传扬了。但不管它有怎样的形式（是以蛋白质还是以更高级的材料来建构），它既是消息的传扬，就必意味着距离和差异。它既是无限，就必是无限个有限的相互联络。因此，个人便永远都是有限，都是局部。那么，这永远的局部，将永远地朝向何方呢？局部之困苦，无不源于局部之有限，因而局部的欢愉必是朝向那无限之整体的皈依。所以皈依是一条永恒的路。这便是爱的真意，爱的辽阔与高贵。

无聊的人总是为皈依标出一处终点，期求着一劳永逸的福果，一尊宝座，或种种超出常人的功能（比如特异功能）。没有证据说那神乎其神的功能全属伪造，但这样的期求哪里还是爱愿呢？不过是宫廷朝政中的权势之争，或绿林草莽间的称王称霸的变体罢了。究其原因，仍是囿于一己之肉身的福乐。然而你就是钢筋铁骨，还不是"荒冢一堆草没了"？你就是金刚不坏之身，还不是"沉舟侧畔千帆过"？那无限的消息不把任何一尊偶像视为永恒，唯爱愿于人间翱飞飘缭历千古而不死。

/二十一/

你要是悲哀于这世界上终有一天会没有了你，你要是恐惧于那无限的寂灭，你不妨想一想，这世界上曾经也没有你，你曾经就在那无限的寂灭之中。你所忧虑的那个没有了的你，只是一具偶然的肉身。所有的肉身都是偶然的肉身，所有的爹娘都是偶然的爹娘，是那亘古不灭的消息使生命成为可能，是人间必然的爱愿使爹娘相遇，使你诞生。

这肉身从无中来，为什么要怕它回到无中去？这肉身曾从无中来，为什么不能再从无中来？这肉身从无中来又回无中去，就是说它本无关大局。大局者何？你去看一出戏剧吧，道具、布景、演员都可以全套地更换，不变的是什么？是那台上的神魂飘荡，是那台上台下的心流交汇，是那幕前幕后的梦寐以求！人生亦是如此，毁坏的肉身让它回去，不灭的神魂永远流传，而这流传必将又使生命得其形态。

/二十二/

我常想，一个好演员，他／她到底是谁？如果他／她用一年创造了一个不朽的形象，你说，在这一年里他／她是谁？如果他／她用一生创造了若干个独特的心魂，他／她这一生又是谁呢？我问过王志文，他说他在演戏时并不去想给予观众什么，只是进入，我就是他，就是那个剧中人。这剧中人虽难免还是表演者的形象，但这似曾相识的形象中已是完全不同的心流了。

所以我又想，一个好演员，必是因其无比丰富的心魂被困于此一肉身，被困于此一境遇，被困于一个时代所有的束缚，所以他／她有着要走出这种种实际的强烈欲望，要在那千变万化的角色与境遇中，实现其心魂的自由。

艺术家都难免是这样，乘物以游心，所要借助和所要克服的，都是那一副不得不有的皮囊。以美貌和机智取胜的，都还是皮囊的奴隶。最要受那皮囊奴役的，莫过于皇上；皇上一旦让群臣认不出，他就什么也没有了。所以，梵高是"向日葵"，贝多芬是"命运"，尼采是"如是说"，而君王是地下宫殿和金缕玉衣。

/二十三/

无论对演员还是对观众，戏剧是什么？那激情与共鸣是因为什么？是因为现实中不被允许的种种愿望终于有了表达并被尊重的机会。无论是恨，是爱，是针砭、赞美，是缠绵悱恻、荒诞不经，是堂吉诃德或是哈姆雷特，总之，如是种种若在现实中也有如戏剧中一样地自由表达，一样地被倾听和被尊重，戏剧则根本不会发生。演员的激情和观众的感动，都是由于不可能的一次可能，非现实的一次实现。这可能和实现虽然短暂，但它为心魂开辟的可能性却可流入长久。

不过，一旦这样的实现成为现实，它也就不再能够成为艺术了。但是放心，不可能与非现实是生命永恒的背景，因此，艺术，或美的愿望，永远不会失其魅力。

/二十四/

然而，有形的或具体的美物，很可能随着时间的推移而丧失其美。美的难于确定，使毛姆这样的大作家也为之迷惑，他竟得出结论说："艺术的价值不在于美，而在于正当的行为。"（见《毛姆随想录》）可什么是正当呢？由谁来确定某一行为的正当与否呢？以更加难于确定的正当，来确定难于确定的美，岂不荒唐？但毛姆毕竟是毛姆，他在同一篇文章中不经意地说了一句话："他们（指艺术家）的目标是解除压迫他们灵魂的负担。"好了，这为什么不是美的含意呢？你来了，你掉进了一个有限的皮囊，你的周围是隔膜，是限制，是数不尽的墙壁和牢笼，灵魂不堪此重负，于是呼喊，于是求助于艺术，开辟出一处自由的时空以趋向那无限之在和终极意义，为什么这不是美的恒久品质，同时也是人类最正当的行为呢？

/二十五/

所以要尊重艺术家的放浪不羁。那是自由在冲破束缚，是丰富的心魂在挣脱固定的肉身，是强调梦想才是真正的存在，而肉身不过是死亡使之更新以前需要不断克服和超越的牢笼。

因此有件事情饶有趣味：男演员 A 饰男角色甲，女演员 B 饰女角色乙，在剧中有甲和乙做爱的情节，那么这时候，做爱的到底是谁？简直说吧，你能要求 A 和 B 只是模仿而互相毫无性爱的欲望吗？这样的事，尤其是这样的事，恐怕单靠模仿是不成的，仅有形似必露出假来——三级片和艺术片的不同便是证明：前者最多算是两架逼真的模型，后者则牵连着主人公的浩瀚心魂和历史。讲台前或餐桌上可以逢场作戏，此时并不一定要有真诚，唯符合某种公认的规矩就够。可戏剧中的（比如说）性爱，却是不能单靠肉身的，因为如前所说，人们所以需要戏剧，是需要一处自由的时空，需要一回心魂的酣畅表达，是要以艺术的真去反抗现实的假，以这剧场中的可能去解救现实中的不可能，以这舞台或银幕上的实现去探问那布满四周的不现实。这就是艺术不该模仿生活，而生活应该模仿艺术的理由吧。

/二十六/

　　但这是真吗？或者其实这才是假？不是吗，戏剧一散，A 和 B 还不是各回各的妻子或丈夫身边去？刚才的怨海情天岂非一缕轻风？刚才的卿卿我我岂不才是逢场作戏？这就又要涉及对真与假的理解，比如说，由衷的梦想是假，虚伪的现实倒是真吗？已有的一切都是真理，未有的一切都是谬误吗？看来还要对真善美中的这个真字做一点分析：真，可以指真实、真理，也可以指真诚。毛姆在他的《随想录》中似乎全面地忽视了后者，然后又因真理的流变不居和信念的往往难于实证而陷入迷途。他说："如果真理是一种价值，那是因为它是真的，不是因为说出真理是勇敢的。"又说："一座连接两个城市的桥梁，比一座从一片荒地通往另一片荒地的桥梁重要。"这些话真是让我吃惊。事实上，很多真理，是在很久以后才被证明了它的真实的，若在尚未证明其真实之前就把它当作谬误扫荡，所有的真理就都不能长大。而在它未经证实之前便说出它，不仅需要勇敢，更需要真诚。至于桥梁，也许正因为有从荒地通往荒地的桥梁，城市这才诞生。真诚正是这样的桥梁，它勇敢地铺向一片未知，一片心灵的荒地，一片浩渺的神秘，这难道不是它最重要的价值吗？真理，谁都知道它是要变化，要补充和要不断完善的，别指望一劳永逸。但真诚，谁会说它是暂时的呢？

/二十七/

科学的要求是真实，信仰的要求是真诚。科学研究的是物，信仰面对的是神。科学把人当作肉身来剖析它的功能，信仰把人看作灵魂来追寻它的意义。科学在有限的成就面前沾沾自喜，信仰在无限的存在面前虚怀若谷。科学看见人的强大，指点江山，自视为世界的主宰；信仰则看见人的苦弱与丑陋，沉思自省，视人生为一次历练与皈依爱愿的旅程。自视为主宰的，很难控制住掠夺自然和强制他人的欲望，而爱愿，正是抵挡这类欲望的基础。但科学，如果终于，或者已经，看见了科学之外的无穷，那便是它也要走进信仰的时候了。而信仰，亘古至今都在等候浪子归来，等候春风化雨，狂妄归于谦卑，暂时的肉身凝成不朽的信爱，等候那迷恋于真实的眼睛闭上，向内里，求真诚。

/二十八/

让人担心的是 A 和 B 从剧场回家之后的遭遇，即 A 之妻和 B 之夫会怎么想？

从一些这样的妻子和丈夫并未因此而告到法院去，也未跟 A 或

B 闹翻天的事实来看，他们的爱不单由于肉身，更由于灵魂。醋罐子所以不曾打破，绝不是因为什么肚量，而是因为对艺术的理解，既然艺术是灵魂要突破肉身限定的昭示，甚至探险，那飞扬的爱愿唯使他们感动。此时，有限的肉身已非忠贞的标识，宏博的心魂才是爱的指向——而他们分明是看到了，他们的爱人不光是一具会行房的肉身，而是一个多么丰盈、多么懂得爱又是多么会爱的灵魂啊。

这未免有些理想化。但理想化并不说明理想的错误，而艺术本来就是一种理想。"理想化"三个字作为指责，唯一的价值是提醒人们注意现实。现实怎样？现实有着一种危险：A 之妻或 B 之夫很可能因此提出一份离婚申请。在现实中，这不算出格，且能为广大群众所理解。但这毕竟只是现实，这样的爱情仍止于肉身。止于肉身又怎样，白头偕老的不是很多吗？是呀，没说不可以，可以，实在是可以。只是别忘了，现实除了是现实还是对理想的呼求，这呼求也是现实之一种。因此 A 和 B，他们的戏剧以及他们的妻与夫，是共同做着一次探险。险从何来？即由于现实，由于肉身的隔离和限制，由于灵魂的不屈于这般束缚，由于他们不甘以肉身为"我"而要以灵魂为"我"的愿望，不信这狭小的皮囊可以阻止灵魂在那辽阔的存在中汇合。这才是爱的真谛吧，是其永不熄灭的原因。

/二十九/

我正巧在读《毛姆随想录》，所以时不时地总想起他的话。关于爱，我比较同意他的意见：爱，一是指性爱，一是指仁爱（我猜也就是指宏博的爱愿吧）。前者会消逝，会死亡，甚至会衍生成恨。后者则是永恒，是善。

可他又说："人生莫大的悲哀……是他们会终止相爱……两个情人之中总是一个爱而另一个被爱；这将永远妨碍人们在爱情中获得完美幸福……爱情总是少不了一种性腺的分泌，这当是无可置疑的。对于极大多数的人，同一的对象不能永久引发出他们的这种分泌，还有随着年事增长，性腺也萎缩了。人们在这个问题上十分虚伪，不肯面对现实……难道爱怜与爱情可以同日而语吗？"性爱是不能忽视荷尔蒙的，这无可非议。但性爱就是爱情吗？从"这将永远妨碍人们在爱情中获得完美幸福"一语来看，支持性爱的荷尔蒙，并不见得也能够支持爱情。由此可见，性爱和爱情并不是一码事。那么，支持着爱情的是什么呢？难道"性腺也萎缩了"，一对老夫老妻就不再可能有爱情了吗？并且，爱情若一味地拘于荷尔蒙的领导，又怎能通向仁爱的永恒与善呢？难道爱情与仁爱是互不相关的两码事？

/三十/

　　单纯的性爱难免是限于肉身的。总是两个肉身的朝朝暮暮，真是难免有互相看腻的一天。但，若是两个不甘于肉身的灵魂呢？一同去承受人世的危难，一同去轻蔑现实的限定，一同眺望那无限与绝对，于是互相发现了对方的存在、对方的支持，难离难弃……这才是爱情吧。在这样的栖居或旅程中，荷尔蒙必相形见绌，而爱愿弥深，衰老的肉身和萎缩的性腺便不是障碍。而这样的爱一向是包含了怜爱的，正如苦弱的上帝之于苦弱的人间。毛姆还是糊涂哇。其实怜爱是高于性爱的。在荷尔蒙的激励下，昆虫也有昂扬的行动；这类行动，只是被动地服从着优胜劣汰的自然法则，最多是肉身间短暂的娱乐。而怜爱，则是通向仁爱或博爱的起点啊。

　　仁爱或博爱，毛姆视之为善。但我想，一切善其实都是出于这样的爱。我看不出在这样的爱愿之外，善还能有什么独具的价值，相反，若视"正当"为善，倒要有一种危险，即现实将把善制作成一副枷锁。

/三十一/

耶稣的话："我还有不多的时候与你们同在。后来你们要找我，但我所去的地方你们不能到。这话我曾对犹太人说过，如今也照样对你们说。我赐给你们一条新命令，乃是叫你们彼此相爱。我怎样爱你们，你们也要怎样相爱。"

林语堂说："这就是耶稣温柔的声音，同时也是强迫的声音，一种近二千年来浮现在人了解力之上的命令的声音。"

我想，"正当"也会是一种强迫和命令的声音，但它不会是温柔的声音。差别何在？就在于，前者是"近两千年来浮现在人了解力之上的"声音，是无限与绝对的声音，是人不得不接受的声音，是人作为部分而存在其中的那个整体的声音，是你终于不要反抗而愿皈依的声音。而后者，是近两千年来人间习惯了的声音，是人智制作的声音，是肉身限制灵魂、现实胁迫梦想的声音，是人强制人的声音。

/三十二/

我希望我并没有低估了性爱的价值，相反，我看重这一天地之昂扬美丽的造化，便有愁苦，便有忧哀，也是生命鲜活的存在。低估性爱，常是因为高估了性爱而有的后果。将性腺作为爱的支撑，或视为等值，一旦"东风无力百花残"或"无边落木萧萧下"，则难免怨屋及乌，叹"人生苦短"及爱也无聊。尚能饭否或尚能性否，都在其次，尚能爱否才是紧要，值得双手合十，谓曰：善哉，善哉！

我曾在另外的文章里猜想过：性爱，原是上帝给人通向宏博之爱的一个暗示，一次启发，一种象征，就像给戏剧一台道具，给灵魂一具肉身，给爱愿一种语言……是呀，这许多器具都是何等精彩，精彩到让魔鬼也生妒意！但你若是忘记了上帝的期待，一味迷恋于器具，靡非斯特定会在一旁笑破肚皮。

/三十三/

性爱，实在是借助肉身而又要冲破肉身的一次险象环生的壮举。你看那姿态，完全是相互融合的意味；你听那呼吸，那呼喊，完全是进入异地的紧张、惊讶，是心魂破身而出才有的自由啊！性爱的所谓高峰体验，正是心魂与心魂于不知所在之地——"太虚幻境"或"乌托之邦"——空前的相遇。不过，正也在此时，魔鬼要与上帝赌一个结局：也许他们就被那精彩的器具网罗而去，也许，他们由此而望见通向天国的"窄门"。

/三十四/

因此，我虽不是同性恋者，却能够理解同性恋。爱恋，既是借助肉身而冲破肉身，性别就不是绝对的前提，既是心魂与心魂的相遇，则要紧的是他者。他者即异在。异性只是异在之一种，而且是比较习常的一种，比较地拘于肉身的一种，而灵魂的异在却要辽阔得多，比如异思和异趣，尤其是被传统或习常所歧视、所压迫着的异端，更是呼唤着爱去照耀和开垦的处女地。在我想，一切爱恋与爱愿，都是因异而生的。异是隔离，爱便是要冲破这隔离；异又是禁地，是诱惑，爱于是有着激情；异还可能是弃地，是险境，爱所以温柔并勇猛（我琢磨，性腺的分泌未必是爱的动因，没准儿倒是爱的一项后果或辅助）。这隔离与诱惑若不单单由于性之异，凭什么爱恋只能在异性之间？超越了性之异的爱恋，超越了肉身而在更为辽阔的异域团聚的心魂，为什么不同样是美丽而高贵的呢？

/三十五/

人与人之间是这样，群、族乃至国度之间也应该是这样——异，不是要强调隔离与敌视，而是在呼唤沟通与爱恋。总是自己恋着自己，狭隘不说，其实多么猥琐。党同伐异，群同、族同乃至国同伐异，我真是不懂为什么这不是猥琐而常常倒被视为骨气？我们从小就知道要对别人怀有宽容和关爱，怎么长大了倒糊涂？作为个人，谦虚和爱心是美德，怎么一遇群、族、国度就要以傲慢和警惕取而代之？外交和国防自然是不可不要，就像家家门上都得有把锁，可是心里得明白：这不是人类的荣耀，这是不得已而为之。千万别把这不得已而为之看成美德，一说"我们"便意味着迁就和表彰，一提"他们"就已经受了伤害。

/三十六/

"第三者"怎么样？"第三者"不也是不愿受肉身的束缚，而要在更宽阔的领域中实现爱愿吗？可能是。也可能不是。比如诗人顾城的故事，开始时仿佛是，结果却不是。"第三者"的故事各不相同，绝难一概而论。

　　"第三者"的故事通常是这样：A 和 B 的爱情已经枯萎，这时出现了 C——比如说 A 和 C，崭新的爱情之花怒放。倘没有什么法律规定人一生只能爱一次，这当然就无可指责。问题是，A 和 B 的爱情已经枯萎这一判断由谁做出？倘由 C 来做出，那就甭说了，其荒唐不言而喻；所以 C 于此刻最好闭嘴。由 B 做出吗？那也甭说，这等于没有故事。当然是由 A 做出。然而 B 不同意，说："A，你糊涂哇！"所以 B 不退出。C 也不退出，A 既做出了前述判断，C 就有理由不退出。我曾以为其实是 B 糊涂，A 既对你宣布了解散，你再以什么理由坚持也是糊涂。可是，故事也可能这样发展：由于 B 的坚持，A 便有回心转意的迹象。然而 C 现在有理由不闭嘴了，C 也说："A，你糊涂哇！"于是 C 仍不退出。如果诗人顾城最初的梦想能够在 A、B、C 间实现，那就会有一个非凡的故事了。但由 B 和 C 都说"A，你糊涂哇"这件事看来，A 可能真是糊涂——试图让水火相容，还不糊涂吗？可是，糊涂是个理性概念，而爱情，都得盘算清楚了才发生吗？我才明白，在这样的故事里，并没有客观的正确，绝不要去找一条放之四海而皆准的真理。这不是理性的领域，但也不是全然放弃理性的领域，这是存在先于本质的证明；一切人的问题，都在这样的故事里浓缩起来，全面地向你提出。

/三十七/

我想，在这样的处境中，唯一要做并且可以做到的是诚实。唯诚实，是灵魂的要求，否则不过是肉身之间的旅游，"江南""塞北"而已，然而"小桥流水"和"大漠孤烟"都可能看腻，而灵魂依然昏迷未醒。"第三者"的故事中，最可悲哀、最可指责也是最为荒唐的，就是欺骗——爱情，原是要相互敞开、融合，怎么现在倒陷入加倍的掩蔽和逃离了呢？

通常的情况是 A 和 C 骗着 B。不过这也可能是出于好意——何苦让 B 疯癫、跳楼或者割腕呢？尤其 B 要是真的出了事，A 和 C 都难免一生良心不安。于是欺骗似乎有了正当的理由。可是，被骗者的肉身平安了，他的灵魂呢，二位可曾想过吗？B 至死都处在一个不是由自己选择而是由别人决定的位置上；所有人都笑着他的愚蠢，只他自己笑着自己的幸福。然而，你要是人道的，你总不能就让他去跳楼吧？你要是人道的，你也不能丢弃爱情一辈子守着一个随时可能跳楼的人吧？是呀，甭说那么多好听的，倘这故事真实地发生在你身上，说吧，简单点儿，你怎么办？

/三十八/

我真的不知道该怎么办。

我的第一个想法是：在这样的故事里我宁愿是 B。不要疯癫，也别跳楼，痛苦到什么程度大约由不得我，但我必须拎着我的痛苦走开。不为别的，为的是不要让真变成假，不要逼着 A 和 C 不得不选择欺骗。痛苦不是丑陋，结束也不是，唯要挟和诅咒可以点金成石，化珍宝为垃圾，使以往的美丽毁于一旦。是呀，这是 B 的责任，也是一个珍视灵魂相遇的恋者的痛苦和信念。"第三者"的故事，通常只把 B 看作受害者而免去了他的责任，免去了对他的灵魂提问。第二个想法是：在这样的故事里，柔弱很可能美于坚强，痛苦很可能美于达观。爱情不是出于大脑的明智，而是出于灵魂的牵挂，不是肉身的捕捉或替换，而是灵魂的漫展和相遇。因而一个犹豫的 A 是美的，一个困惑的 B 是美的，一个隐忍的 C 是美的；所以是美的，因为这里面有灵魂在彷徨，这彷徨看似比不上理智的决断，但这彷徨却通向着爱的辽阔，是爱的折磨，也是命运在为你敲开信仰之门。而果敢与强悍的"自我"，多半还是被肉身圈定，为荷尔蒙所胁迫，是想象力的先天不足或灵魂的尚未觉悟。

/三十九/

爱情，从来与艺术相似，没有什么理性原则可以概括它、指引它。爱情不像婚姻是现实的契约，爱情是站在现实的边缘向着神秘未知的呼唤与祈祷，它根本是一种理想或信仰。有一句诗：我爱你，以我童年的信仰。你说不清它是什么，所以它是非理性的，但你肯定知道它不是什么，所以它绝不是无理性。对于现实，它常常是脆弱的——比如人们常问艺术：这玩意儿能顶饭吃？——明智而强悍的现实很可能会泯灭它。但就灵魂的期待而言，它强大并且坚韧，胜败之事从不属于它，它就像梵高的天空和原野，燃烧，盛开，动荡着古老的梦愿，所有的现实都因之显得谨小慎微，都将聆听它对生命的解释。因而我在《向日葵》的后面常看见一个赴死的身形，又在《有松树的山坡》上听见亘古回荡的钟声。

/四十/

那回荡的钟声便是灵魂百折不挠的脚步，它曾脱离某一肉身而去，又在那儿无数次降临人世，借无数肉身而万古传扬。生命的消息，就这样永无消损，永无终期。不管科学的发展——比如克隆、基因、纳米——将怎样改变世界的形象，改变道具和布景，甚至改变人的肉身，生命的消息就如这钟声，或这钟声之前荒野上的呼唤，或这呼唤之上的浪浪天风，绝不因某一肉身的枯朽而有些微减弱，或片刻停息。这样看，就不见得是我们走过生命，而是生命走过我们；不见得是肉身承载着灵魂，而是灵魂订制了肉身。就比如，不是音符连接成音乐，而是音乐要求音符的连接。那是固有的天音，如同宇宙的呼吸，存在的浪动，或神的言说，它经过我们然后继续它的脚步，生命于是前赴后继永不息止。为什么要为一个音符的度过而悲伤？为什么要认为生命因此是虚幻的呢？一切物都将枯朽，一切动都不停息，一切动都是流变，一切物再被创生。所以，虚无的悲叹，寻根问底仍是由于肉身的圈定。肉身蒙蔽了灵魂的眼睛，单是看见要回那无中去，却忘了你原是从那无中来。

/四十一/

当然，每一个音符又都不容忽略，原因简单：那正是音乐的要求。这要求于是对音符构成意义，每一个音符都将追随它，每一个音符都将与所有的音符相关联，所有的音符又都牵系和铸造着此一音符的命运。这就是爱的原因，和爱的所以不能够丢弃吧。你既是演奏者，又是欣赏者；既是脚步，又是聆听。孤芳自赏从根本上说是不可能的，单独的音符怎么听也像一声噪响，孤立的段落终不知所归。音符和段落，倘不能领悟和追随音乐的要求，便黄钟大吕也是过眼烟云，虚无的悲叹势在必然。以肉身的不死而求生命的意义，就像以音符的停滞而求音乐的悠扬。无论是今天的克隆，还是古时的炼丹，以及各类自以为是的功法，都不可能使肉身不死。不死的唯有上帝写下的起伏跌宕、苦乐相依的音乐，生命唯在这音乐中获得意义，驱散虚无。而这永恒的音乐，当然是永恒地要求着音符的死生相继，又当然会跳过无爱的噪响，一如既往保持其美丽与和谐。

/四十二/

　　爱，即孤立的音符或段落向着那美丽与和谐的皈依，再从那美丽与和谐中互相发现：原来一切都是相依相随。倘若是音符间的相互隔离与排拒，美丽与和谐便要破坏。但上帝的音乐岂容破坏？比如说，地球的美丽是不容破坏的，生态的和谐是不容破坏的，被破坏的只可能是破坏者自己。比如说，上帝之手将借助干旱、沙尘暴、艾滋病、环境污染、臭氧层破洞……删除造成这一切不和谐的赘物。癌症是什么？是和谐整体中的一个失去控制的部分，这差不多是对无限膨胀着的人类欲望的一个警告。艾滋病是什么？是自身免疫系统的失灵，而生态的和谐正是地球的自身免疫系统。上帝是严厉而温柔的，如果自以为是的人类仍然听不懂这暗示，地球上被删除的终将是什么应该是明显的。

/四十三/

书架上的书，一本一本几千本，看似各成一体相互孤立，其实全有关联。几千年的消息都在那儿排开，穿插，叠摞，其相互关联的路径更是玄机无限，鬼神莫测。真可谓"横看成岭侧成峰"，但其中任何一本都是"不识庐山真面目"。

我猜想，基因谱系也并不是孤立的每人一份，上帝不见得有那样的耐心，上帝写的是大文章，每个人的基因谱系只是其中一个小小的段落，把这些段落连成一气才可能领悟上帝的意图。领悟，而非破解。用陈村的话说，上帝的手艺哪能这么简单？比如，基因谱系中何以会有很多不知所云的段落？不知所云只是对人而言，只是对"岭"和"峰"而言，是整体对部分而言。部分只好是"知不知，尚矣"。这便是命运永远的神秘，便是人要对上帝保持谦恭，要对他说"是"，要以爱作为祈祷的缘由。

/四十四/

听说有个人称"易侠"的人，《易经》研究得透彻，不仅可以推算过去，还能够预测未来。我先是不信，可是说的人多了，有的还是亲身体验，我便将信将疑地有些怕——倘那是真的，岂不是说未来早都安排妥当，那人的努力还有什么用处？再那么认真地试图改变什么岂不是冒傻气？但后来想想，也没什么可怕，未来的已定与未定其实一样，未定得往前走，已定也还是得往前走，前面呢，或一个死字挡道，或一条无限的路途。这就一样了——反正你在过程之外难有所得。

我写过，神之下凡与人之下放异曲同工，都是"在改造客观世界的同时改造主观世界"。很可能"改造客观世界"倒是瞎说，前面终于是死亡或无限，你改造什么？而"改造主观世界"确凿是你躲不开的工作。比如戏剧，演员身历其境，其体会自然与旁观者的不同。下凡或下放大约就是基于这样的考虑：下去吧，亲身经历一回，感受会不一样。倘"易侠"的预测真的准确，就更可以坚定这改造的决心了——是呀，剧本早都写好了，演员的责任就很明确：把戏演好，别的没你什么事。何谓演好？就是在那戏剧的曲折与艰难中体会生命的意义，领悟那飘荡在灯光与道具之上的戏魂，改变你固有的迷执。

/四十五/

　　说文学（和艺术）的根本是真实，这话我想了又想还是不同意。真实，必当意味着一种客观的标准，或者说公认的标准，否则就不能是真实，而是真诚。客观或公认的标准，于法律是必要的，于科学大约也是必要的，但于文学就埋藏下一种危险，即取消个人的自由，限定探索的范围。文学，可以反映现实，也可以探问神秘和沉入梦想。比如梦想，你如何判定它的真实与否呢？就算它终于无用，或是彻底瞎掰，谁也不能取消它存在与表达的权利。即便是现实，也会因为观察点的各异，而对真实有不同的确认。一旦要求统一（即客观或公认）的真实，便为霸权开启了方便之门。而不必统一的真实则明显是一句废话。

/四十六/

　　不必统一的真实，不如叫作真诚。文学，可以是从无中的创造，就是说它可以虚拟，可以幻想，可以荒诞不经，无中生有，只要能表达你的情思与心愿，其实怎么都行，唯真诚就好。真诚，不像真实那样要求公认，因此它可以保障自由，彻底把霸权关在了门外。

不过，当然，在真诚的标牌下完全有可能瞎说，胡闹，毫无意义地扯淡——他自称是真诚，你有什么话讲？可是，你以为真实的旗帜下就没人扯淡吗？总是有扯淡的，但真诚下的扯淡比真实下的扯淡整整多出了一个自由，这可是多么值得！说到底，文学（和艺术）是一种自由，自由的思想，自由的灵魂。倘不是没有自我约束的自由，那就叫作真诚，或者是谦恭吧。

/四十七/

不过，我对文学二字宁可敬而远之。一是我确实没什么学问，却又似乎跟文学沾了一点儿关系。二是，我总感到，在各种学（包括文学）之外，仍有一片浩瀚无边的存在；那儿，与我更加亲近，更加难离难弃，更加缠缠绕绕地不能剥离，更是人应该重视却往往忽视了的地方。我愿意把我与那儿的关系叫作：写作。到了那儿就像到了故土，倍觉亲切。到了那儿就像到了异地，倍觉惊奇。到了那儿就像脱离了这个残损而又坚固的躯壳，轻松自由。到了那儿就像漫游于死中，回身看时，一切都有了另外的昭示。

/四十八/

有位评论家，隔三岔五地就要宣布一回：小说还是得好看！我一直都听不出他到底要说什么。这世界上，可有什么事物是得不好看的吗？要是没有，为什么单单拧着小说的耳朵这样提醒？再说了，你认为谁看着你都好看吗？谁看着你看着好看的东西都好看吗？要是你给他一个自以为好看的东西，他却拧着你的耳朵说："你最好给我一个好看的东西！"——你是否认为这是一次有益的交流？也许有益：你知道了好看是因人而异的。还有：但愿你也知道了，总是以自己的好看要求别人的好看，这习惯在别人看来真是不好看。

好看，在我理解，只能是指易读。把文章尽量写得易读，这当然好，问题是众生思绪千差万别，怎能都易到同一条水平线上去？最易之读是不读，最易之思是不思，易而又易，终于弄到没有差别时便只剩下了简陋。

/四十九/

不知自何时起，中国人做事开始提倡"别那么累"，于是一切都趋于简陋。比如"文革"中的简易楼，简易到没有上下水，清晨家家都有人端出一个盆来在街上走，里面是尿。比如我座下的国产轮椅，一辆简似一辆，有效期递减；直到最近又买了一辆进口的，这辆真是做得细致，做得"累"，然而坐着却舒服。再比如我家的屋门——二十世纪八十年代的作品，我无力装修故保留至今——不过是盖房时空出一个方洞，挡之以一块同大的板，再要省事就怕不是人居了。

/五十/

爱因斯坦说："凡是涉及实在的数学定律都是不确定的，凡是确定的定律都不涉及实在。"因为，任何实在，都有着比抽象（的定律）更为复杂的牵系。各种科学的路线，都是要从复杂中抽象出简单，视简单为美丽，并希望以此来指引复杂。但与此同时，它也就看见了抽象与实在之间其实有着多么复杂的距离。而文学，命定地是要涉及实在，所以它命定地也就不能信奉简单。人类所以创造了文学，就是因为在诸多科学的路线之外看见了复杂，看见了诸学所"不涉及"的"实在"，看见了实在的辽阔、纷繁与威赫。所以，文学有理由站出来，宣布与诸学的背道而驰，即：不是从复杂走向简单，而是由简单进入复杂。因此我常有些很可能是偏颇的念头：在看似已然明朗的地方，开始文学的迷茫路。

/五十一/

简单与复杂，各有其用，只要不独尊某术就好。一旦独尊，就是牢狱。牢狱并不都由他人把守，自觉自愿画地为牢的也很多。牢狱也并不单指有限的空间，有的人满世界走，却只对一种东西有兴趣。比如煽情。有那么几根神经天底下的人都是一样，不动则已，一动而泪下，谙熟了弹拨这几根神经的，每每能收获眼泪。不是说这不可以，是说单凭这几根神经远不能接近人的复杂。看见了复杂的，一般不会去扼杀简单，他知道那也是复杂的一部分。倒是只看见了简单的常常不能容忍复杂，因而愤愤然说那是庸人自扰，是"不打粮食"，是脱离群众，说那"根本就不是文学"，甚至"什么都不是"，这样一来牢狱就有了。话说回来，不是文学又怎么了？什么都不是又怎么了？一种思绪既然已经发生，一种事物既然已经存在，就像一个人已经出生，它怎么可能什么都不是呢？它只不过还没有一个公认的名字罢了。可是文学，以及各种学，都曾有过这样的遭遇啊！

/五十二/

文如其人，这话并不绝对可信。文，有时候是表达，是敞开，有时候是掩盖，是躲避，感人泪下的言辞后面未必没有隐藏。我自己就有这样的经验，常在渴望表达的时候却做了很多隐藏，而且心里明白，隐藏的或许比表达的还重要。这是为什么？为什么心里明白却还要隐藏？知道那是重要的却还要躲避？

不久前读到陈家琪的一篇文章，使我茅塞顿开。他说："'是人'与'做人'在我们心中是不分的；似乎'是人'的问题是一个不言而喻的事实，要讨论的只是如何做人和做什么样的人。"又说："'做人'属于先辈或社会的要求。你就是不想学做人，先辈和社会也会通过教你说话、识字，通过转换知识，通过一种文明化的进程，引导或强迫你去做人。"要你如何做人或标榜自己是如何做人的文学，其社会势力强大，不由得使人怕，使人藏，使人不由得去筹谋一种轻盈并且安全的心情；而另一种文学，恰是要追踪那躲避的，揭开那隐藏的，于是乎走进了复杂。

/五十三/

那复杂之中才有人的全部啊，才是灵魂的全面朝向。刘小枫说："人向整体开放的部分只有灵魂，或者说，灵魂是人身上最靠近整体的部分。"又说："追求整体性知识需要与社会美德有相当程度的隔绝……"要看看隐藏中的人是怎么一回事，不仅复杂而且危险。最大的危险就是要遭遇社会美德的阴沉的脸色。

/五十四/

　　我一直相信，人需要写作与人需要爱情是一回事。

　　人以一个孤独的音符处于一部浩瀚的音乐中，难免恐惧。这恐惧是因为，他知道自己的心愿，却不知道别人的心愿；他知道自己复杂的处境与别人相关，却不知道别人对这复杂的相关取何种态度；他知道自己期待着别人，却没有把握别人是否对他也有着同样的期待；总之，他既听见了那音乐的呼唤，又看见了社会美德的阴沉脸色。这恐惧迫使他先把自己藏起来，藏到甚至连自己也看不到的地方去。但其实这不可能，他既藏了就必然知道藏了什么和藏在了哪儿，只是佯装不知。这，其实不过是一种防御。他藏好了，看看没什么危险了，再去偷看别人。看别人的什么呢？看别人是否也像自己一样藏了和藏了什么。其实，他是要通过偷看别人来偷看自己，通过看见别人之藏而承认自己之藏，通过揭开别人的藏而一步步解救着自己的藏——这从恋人们由相互试探到相互敞开的过程，可得证明。是呀，人，都在一个孤独的位置上期待着别人，都在以一个孤独的音符而追随那浩瀚的音乐，以期生命不再孤独，不再恐惧，由爱的途径重归灵魂的伊甸园。

/五十五/

　　奇斯洛夫斯基的《情戒》，就是要为这样的偷看翻案，使这背了千古骂名的行为得到世人的理解，乃至颂扬。影片说的是一个身心初醒的大男孩，爱上了对面楼窗里的一个成熟女人，不分昼夜地用望远镜偷看她，偷看她的美丽与热情、孤独与痛苦。当这女人知道了这件事后，先是以不齿的目光来看他。幸而这是个善良的女人，善良使她看见了大男孩的满心虔诚。但她仍以为这只是性的萌动与饥渴，以为可以用性来解救他。但当她真的这样做了，大男孩却痛不欲生，惊慌地逃离，以致要割腕自杀。为什么呢？因为他的期待远不止于性啊！他的期待中，当然，不会没有性。其身心初醒就像刚刚走出了伊甸园，感到了诱惑，感到了孤独，感到了爱——这灵魂全面且巨大的呼求！性只是其一部分啊，部分岂能代替整体？尤其当性仅仅作为性的解救之时，性对那整体而言就更加陌生，甚至构成敌意。大男孩他说不清，但分明是感到了。他的灵魂正渴望着接近那浩瀚的音乐，却有一种筹谋——试图把复杂的沉重解救到简单的轻盈中去的筹谋，破坏了这音乐之全面的交响。

/五十六/

当然，这大男孩会逐日成熟，就像人出了伊甸园会越走越远。未来，他也许仍会记得灵魂所期待的全面解救，性从而成为爱的仆从，部分将永久地仰望整体。但也许他就会忘记整体，沉湎于部分所摆布的快乐之中；就像那个成熟的女人，以为性即可解救被逐出了伊甸园的人。未来什么都是可能的。但现在，对于这个大男孩，灵魂的吁求正全面扑来，使他绝难满足于部分的快乐。所幸者，在影片的末尾，那成熟的女人似也从这男孩的迷茫与挣扎中受了震动，仿佛重新听见了什么。

/五十七/

应该为这样的偷看平反昭雪。除了陷害式的偷看，世间还有一种"偷看"，比如写作。写作，便是迫于社会美德的围困，去偷看别人和自己的心魂，偷看那被隐藏起来的人之全部。所以，这样的写作必"与社会美德有相当程度的隔绝"。这样的偷看应该受到颂扬，至少应该受到尊重，它提醒着人的孤独，呼唤着人的敞开，并以爱的祈告去承担人的全部。

/五十八/

所以，别再到那孤独的音符中去寻找灵魂，灵魂不像大脑在肉身中占据着一个有形的位置，灵魂是无形地牵系在那浩瀚的音乐之中的。

据说灵魂是有重量的。有人做过试验，人在死亡的一瞬间体重会减轻多少多少克，据说那就是灵魂的重量。但是，无论人们如何解剖、寻找，"升天入地求之遍"，却仍然是"两处茫茫皆不见"。假定灵魂确有重量，这重量就一定是由于某种有形的物质吗？它为什么不可以是由于那浩瀚音乐的无形牵系或干涉呢？

这很像物理学中所说的波粒二象性。物质，"可以同时既是粒子又是波"，"粒子是限制在很小体积中的物体，而波则扩展在大范围的空间中"。它所以又是波，是"因为它产生熟知的干涉现象，干涉现象是与波相联系的"。我猜，人的生命，也是有这类二象性的——大脑限制在很小的体积中，灵魂则扩展得无比辽阔。大脑可以孤立自在，灵魂却牵系在历史、梦想以及人群的相互干涉之中。因此，唯灵魂接近着"整体性知识"，而单凭大脑（或荷尔蒙）的操作则只能陷于部分。

/五十九/

这使我想到文学。文学之一种，是只凭着大脑操作的，唯跟随着某种传统，跟随着那些已经被确定为文学的东西。而另一种文学，则是跟随着灵魂，跟随着灵魂于固有的文学之外所遭遇的迷茫——既是于固有的文学之外，那就不如叫"写作"吧。前者常会在部分的知识中沾沾自喜。后者呢，原是由于那辽阔的神秘之呼唤与折磨，所以用笔、用思、用悟去寻找存在的真相。但这样的寻找孰料竟然没有尽头，竟然终归"知不知"，所以它没理由洋洋自得，其归处唯有谦恭与敬畏，唯有对无边的困境说"是"，并以爱的祈祷把灵魂解救出肉身的限定。

/六十/

这就是"写作的零度"吧？当一个人刚刚来到世界上，就如亚当和夏娃刚刚走出伊甸园，这时他知道什么是国界吗？知道什么是民族吗？知道什么是东西方文化吗？但他却已经感到了孤独，感到了恐惧，感到了善恶之果所造成的人间困境，因而有了一份独具的心绪渴望表达——不管他动没动笔，这应该就是而且已经就是写作的开端了。写作，曾经就是从这儿出发的，现在仍当从这儿出发，而不是从政治、经济和传统出发，甚至也不是从文学出发。"零度"当然不是说什么都不涉及，什么都不涉及你可写的什么作！从"零度"出发，必然也要途经人类社会之种种——比如说红灯区和黑社会，但这与从红灯区和黑社会出发自然是不一样。

一个汉人在伊甸园外徘徊、祈祷，一个洋人也在伊甸园外徘徊、祈祷，如果他们相遇并且相爱，如果他们生出一个不汉不洋或亦汉亦洋的孩子，这孩子在哪儿呢？仍是在伊甸园外，在那儿徘徊和祈祷。这似乎有着象征意味。这似乎暗示了人或写作的永恒处境，暗示了人或写作的必然开端。什么国界呀、民族呀、甲方乙方呀，那原是灵魂的阻碍，是伊甸园外的堕落，是爱愿和写作所渴望冲开的牢壁，怎么倒有一种强大的声音总要把这说成是写作的依归呢？

/六十一/

回到原来的话题吧。从人的"魂（波）脑（粒）二象性"——恕我编造此名，也是一种无知无畏吧——来看，人就不能仅仅是有形的肉身。就是说，生命既是有形的、单独的粒子，又是无形的、呈互相干涉的波。甚至一个人的出生，一个承载着某种意义的生命之诞生，也很像量子理论的描述："在亚原子水平上，物质并不确定地存在于一定的地方，而是显示出'存在的倾向性'；原子事件也不在确定的时间以一定的方式发生，而是显示出'发生的倾向性'。""亚原子粒子并非孤立的实体，而只能被理解为实验条件与随后的测定之间的相互关系，量子论从而揭示了宇宙的一种基本的整体性。"人的生命，或生命的意义，也是这样不能孤立地理解的，还是那句话，它就像浩瀚音乐中的一个音符，一个段落，孤立看它不知所云，唯在整体中才能明了它的意义。什么意义？简单说，就是音符或段落间的相关相系，不离不弃，而这正是爱的昭示啊！

/六十二/

那么，灵魂与思想的区别又是什么呢？任何思想都是有限的，既是对着有限的事物而言，又是在有限的范围中有效。而灵魂则指向无限的存在，既是无限的追寻，又终归于无限的神秘，还有无限的相互干涉以及无限构成的可能。因此，思想可以依赖理性。灵魂呢，当然不能是无理性，但它超越着理性，而至感悟、祈祷和信心。思想说到底只是工具，它使我们"知"和"知不知"。灵魂则是归宿，它要求着爱和信任爱。思想与灵魂有其相似之处，比如无形的干涉。

但是，当自以为是的"知"终于走向"知不知"的谦恭与敬畏之时，思想则必服从乃至化入灵魂和灵魂所要求的祈祷。但也有一种可能，因为理性的狂妄，而背离了整体和对爱的信任，当死神必临之时，孤立的音符或段落必因陷入价值的虚无而惶惶不可终日。

病隙碎笔 6

尴尬是一种可贵的能力。因为，反躬自问是一切爱愿和思想的初萌。要是你忽然发现你处在了尴尬的地位，这不值得惊慌，也最好不要逃避，莫如由着它日日夜夜惊扰你的良知，质问你的信仰，激活你的思想；进退维谷之日正可能是别有洞天之时，这差不多能算规律。

/一/

一个人对一个人说（碰巧让我听见）："他们提倡爱，可他们挣
的钱可不比谁少。""他们"不知是指谁，我听了心里却忽悠悠地一
下子没了着落。我知道这问题我心里一直都有，只是敷衍着，回避
着，就像小时候听见死，心里黑洞洞的不敢再想。我不能算是穷人，
也没打算把财产都捐献出去，可我像"他们"一样，自以为心存爱愿。
也许是要为自己辩护，也许不完全是，觉得这问题是得认真想想了。

这问题的完整表述是这样：对所有提倡爱并自信怀有爱愿的人
来说，当世界上还有很多人比你贫穷，因而生活得比你远为艰难的
时候，你的爱愿何以落实？或者说，当他人的贫困与你的相对富足
并存之时，你的爱愿是否踏虚蹈空？甚至，你的提倡算不算是一种
虚伪？

/二/

这确实是个严峻的问题，不容含糊的问题。但想来，这还会是一个令多数人陷于尴尬的问题。因为你很少可能不是一个相对富足的人，因为贫困之下还有更贫困，更贫困之下还有更更贫困；差别从未在人类历史上消灭过，而且很难想象它终于会消灭。还有一层，贫困的位置其实是谁都不喜欢的，一有机会，这位置很少有人愿意留给自己。这样，依照前述逻辑，还有几个人敢说自己心怀爱愿呢？还有多少爱愿敢说是脚踏实地呢？甚至，爱愿，还剩下多少脚踏实地的机会呢？然而爱愿是要弘扬与实践的，是要蔚然与恒久的呀。可要是依照前述逻辑，爱愿，或爱的信奉，就只少数人够资格享有它了，而且还是在一个随时希望放弃这资格的时间段里。

/三/

然而，这种注定是少而临时的资格，这种仅以贫富为甄别的爱愿，还是人类亘古期盼的那种爱愿吗？不错，人应当互爱互助，应当平等，为富不仁是要受到谴责的。但是，当受谴责的是"不仁"，而非"为富"呀。请稍微冷静些，想一想被溺爱惯坏的孩子吧——爱愿若仅意味着贫富的扯平，它不会成为游手好闲者的倚赖吗？它不会成为好吃懒做者的温床吗？甚至，它不会娇纵出觊觎他人劳动成果的贼目与偷手吗？

于是乎还有一件事也就明白了：在以阶级斗争为纲的年代，爱愿何以越来越稀疏，越狭隘，最后竟弄到荒唐滑稽的地步。比如曾经有过这样的事：公交车上上来一位老人，是否给他让座也要先问问他是贫农还是地主，是工人还是工贼。

/四/

为贫困者捐资，无疑是爱愿的一种实践，但这就能平定前述那严峻的一问吗？先看看捐资之后怎样了吧。捐资之后，捐资者与受捐者就一样富有了吗？大半不会。大半还会是捐资者比受捐者富有，还会是贫与富并存，贫富之间的差距也不见得就能缩小，因而前述局面并无改观——爱愿依然要面对那严峻的一问，而且依然是不容含糊。除非你捐到一贫如洗。可这样的人有吗？

且慢，这样的人历史中确凿是有几个的！有几位伟人，有几位圣贤，料必也会有几位不为人知的隐者。不过这又怎样呢？事实上他们也只能作为爱愿的引导和爱者的崇尚，不大可能推广。崇尚而不可能推广，这就怪了，这里头有事儿，当然不是咬牙跺脚写血书的事儿。

/五/

什么事儿呢？比如平均主义。贫富扯平不就是平均主义吗？可平均主义的后果料必一大半中国人都还记得。平均绝难平均到全面富裕，只可能平均到一致的贫穷——就像赛跑，不可能大家跑得一样快，但可以让大家跑得一样慢。但麻烦还不在这儿，麻烦的是，平均主义是要以牺牲自由为代价的。为什么？很简单：既不能平均到全面富裕，便只好把些不听话的削头去足都码码齐，即便是码成一致的贫穷也在所不惜。不听话的——真正的麻烦在这儿！平均必然要以强制为倚靠，强制会导致什么，历史已屡有证明。三十年前我在农村插队，村中就有几个脑筋"跑得快"的，只因想单干，就被推到台上去批斗。另几个不听话的，只为把自家的细粮卖了，换成更经吃的玉米和高粱，便被一绳捆去，以"投机倒把罪"坐了班房。

/六/

平均不是平等。平等是说人的权利，大家站在同一条起跑线上。平均单讲收获，各位请在终点上排齐。平等，应该为能力低弱或起步艰难的人提供优越条件，但不保证所有的人一齐撞线。平均却可能鼓励了贪懒之徒，反正最后大家都一样。平均其实是物质至上的，并不关涉精神；精神可怎么平均？比如自由和爱情，怎么平均？平均只可能是一个经济概念，均贫富。平等则指向人的一切权利。平等的信念必然呼唤法治，而平均的热情多半酝酿造反。这样的造反当然不会造出法治，只不过再次泄露"宝葫芦的秘密"——分田分地真忙。但这样忙过之后怎样了呢？我曾在陕北插队，那是个特殊的地方，解放得早，先后有过两次土改：第一次均贫富之后不久，又出现了新贫农和新富农，于是又来了一次。这有点儿像孩子玩牌，矫情，一瞧要输就推倒重来。这样的玩法不可再三，再三的结果是大家都变得懒惰、狡猾；突出的事例是，分到田的人先都把田里的树伐作自家的木材，以期重新发牌时不会吃亏。可后来发现这其实白搭，再洗牌时所有的地里都只剩着黄土了。

/七/

崇尚而不能推广，原因就在这儿。平均，原也是多么美好的愿望啊，然而不好意思，人性确凿是有些丑陋。人生来就有差别，不可能都自觉自愿去平均；这是事实而非道理，道理出于事实而非相反。当然爱愿并不满足于事实，这是后话。

那么，强制平均怎样？可强制本身就不平均——谁来强制，谁被强制呢？或者，以强制来使人自觉自愿？这玩笑就开得大了，多半就要成全了强人篡取神位的图谋。倘人言即是神命，对也是对，错也是对，芸芸众生岂不凶多吉少？

人是不可替代神的，否则人性有恃无恐，其残缺与丑陋难免胡作非为。唯神是可以施行强制的——这天，这地，这世界，这并不完美的人性，以及这差别永在、困苦叠生的人之处境，都可理解为神的给定。上帝曾向约伯指明的，就是这个意思：你休想篡改这个给定，你必须接受它。就连耶稣，就连佛祖，也不能篡改它。不能篡改它，而是在它之中来行那宏博的爱愿。

/八/

必须接受人的罪性。人性并不那么清洁和善美。但幸而，人性中还埋藏着可以开掘的几分明智。这明智并不就是清洁和善美，但因其能够向往清洁和善美，能够看见人的残缺与丑陋，于是能够指望他建立起信仰，以及建立起一种叫作法律的东西，以此弥补人性的残缺，监视和管束人性的丑陋。

法律实出无奈，既是由于人的丑陋，当然也是出于人的爱愿。

贫穷的并不都是因为懒惰，富有的也未必全是靠着勤劳，相反，巧取豪夺也可致富，勤劳本分也有受了穷的。对此爱愿当然不可袖手一旁。但爱愿曾一时糊涂，相信了平均，结果不单事与愿违，反而引狼入室弄出了强制。

/九/

但法律不是强制吗？不过，此强制与彼强制有些不同。其一：法律是事先商定的规则，由不得谁见机行事，任意修改。比如足球，并非是由裁判说了算，而是由规则说了算，是为法治，故黑哨也逃不脱制裁。其二：法律是由大家商定的，不是由什么人来强制大家商定的，所以大家才自愿受其制约。又比如足球，一切规则都是为了保持足球的魅力，以赢得人们广泛的喜爱，倘只取决于权势的好恶，看台上寥寥然只坐着几门谁家的亲戚，那足球也就完了。

任何规则，都要有众人的理解与拥护才行，否则不过一纸空文。再比如足球，单是裁判和球员知其规则还不行，球迷要是不懂，这球也甭踢。比如说，自家一输球，看台上就起哄，再输，球迷就退场，那还不如甭踢，先就算你们赢了吧。不过，要是裁判有"猫儿腻"呢？当然，误判应当理解，偏袒也要忍耐而后申诉，但若有人以权压众，包庇、怂恿黑哨呢？甚至事先就已排定了比赛的结果呢？球迷们那就给他一大哄吧，然后退场——此乃义举，算得上护法行动。

/十/

法律不担保均贫富，正如规则不担保比赛结果。要是有谁担保了比赛结果，没问题你把他告上法庭。可要是有人担保了均贫富呢？人们却犹豫，甚至可能拥护他。就算发此誓愿者确无他图，可历史上有谁真正做到过均贫富吗？真正做到，同时又不损害人的自由，可能吗？就比如，有谁能让大家自由奔跑，又保证大家跑得一样快吗？有谁能把这山高谷深日烈风寒的行星改造得"环球同此凉热"吗？

　　骂一骂富人这很容易，甚至也不都是毫无理由，社会的不公既在，经常也就需要一些敏锐甚至挑剔的眼睛。不过另有一种可能：这愤怒其实比前述的尴尬还不如。尴尬是因为能够反躬自问，而比如说喊着"开'奔驰'的出去"的（听说最近上演着一出话剧，剧终时，剧中人便高亢地向观众这样喊），大约从未反观自己，否则他不难看出还有比他更贫穷的人，那么他出不出去呢？都出去了，只剩一个最穷的人，戏还怎么演呢？

/十一/

　　尴尬是一种可贵的能力。因为，反躬自问是一切爱愿和思想的初萌。要是你忽然发现你处在了尴尬的地位，这不值得惊慌，也最好不要逃避，莫如由着它日日夜夜惊扰你的良知，质问你的信仰，激活你的思想；进退维谷之日正可能是别有洞天之时，这差不多能算规律。

　　比如说，法律，正就是爱愿于尴尬之后的一项思想成果。而且肯定，法律的每一次完善，都是爱愿几经尴尬之后的别开生面。斥骂的畅快，往好里说是童言无忌，但若挺悠久的一种文化总那么孩子气，大半也不是好兆。比如说，那就为诘问备好了麻木，以愤怒代替了思考，尴尬倒是没了，可从此爱闹脾气。反躬自问越少，横眉冷对越多，爱愿消损，思想萎钝，规则一旦荒芜，比如说足球吧，怎么踢呢？很可能就会像一个自闭的儿童，抱了皮球，一脚一脚地朝着墙壁发狠，魔魔道道地自说自话。

/十二/

但是"朱门酒肉臭，路有冻死骨"，这事可怎么说？谁敢说这样的事已经没有？那么法律，对这样的结果也是听之任之吗？规则不是不担保结果吗？

但这不是结果呀，这正是法律或规则的起因。"朱门酒肉臭"先放一放再说，"路有冻死骨"则是在要求着法律的出面与完善。人有生的权利，有种种与生俱来的平等的权利，此乃天之赋予，即神命，是法律的根据。再比如足球，游戏规则是人订的，但游戏——游戏的欲望、游戏的限制、游戏的种种困阻和种种可能性，都是神定。这简直就是人生的比喻，人世的微缩，就像长河大漠就像地久天长就像宇宙无垠就像命运无常，都是神的给定，是神为使一种美丽的精神得以展开而设置的前提。这不是规则的结果，而是对规则的呼唤，是规则由之开始的地方。在这一切给定之后，神说：人生而平等（不是平均）。生，乃人之首要的平等权利。因而，倘有穷到活不下去的人，必是法律或规则出了问题，是完善它的时候，而非废弃它的理由。

<h1 style="text-align:center">/十三/</h1>

可要是这么说，是不是就有点儿可笑？法律既定，一有"冻死骨"，你就说这不是结果，这是法律的开始之地，是法律需要完善的时候，那法律还有什么权威？它岂不又是任人打扮的小姑娘了？非也，这不是任人打扮，这是神命难违。法律也不是绝对权威，绝对的权威是神命：人有生的权利！倘这儿出了差错，错的一定是人，唯去检点和完善人订的规则，切不可怀疑那绝对的命令。

可要是一个游手好闲之徒穷得活不下去了呢？也得白白送给他衣食住所吗？是的，也得！穷，但不能让他穷到活不下去，这正是担保平等但不担保平均，担保权利但不担保结果呀。情愿如此潦倒而生的人，也是背弃了神约，背弃了爱愿（他只顾自己），但神不背弃任何人，爱愿依然照顾着他，随时为他备下一个平等的起点。

/十四/

　　幸而情愿这样潦倒而生的人并不多。更多的人，更多的时候，是听得见神的要求的。爱愿，不能是等待神迹的宠溺，要紧的一条是对神命的爱戴，以人的尊严，以人的勤劳和勇气，以其向善向美的追求，供奉神约，沐浴神恩。

　　从报纸上读到一篇文章，说是这世界上的某地，其监狱有如宾馆，狱中的食物稍不新鲜囚犯们也要抗议，文章作者（以及我这读者）于是不解：那么惩罚何以体现？我们被告知：此地的人都是看重自由的，剥夺自由已是最严厉的惩罚。又被告知：不可虐待囚徒，否则会使他们仇视社会。这事令我感动良久。这样的事出于何国何地无需计较，它必是出于严明的法律，而那法律之上，必是神命的照耀。唯对热爱自由、看重尊严的人，惩罚才能有效，就像唯心存爱愿者才可能真有忏悔。否则，或者惩罚无效，或者就复制着仇恨。没有规矩何出方圆？没有神领又何出规矩呢？爱愿必博大而威赫地居于规则之上。

/十五/

　　法律或规则既为人订，就别指望它一定没有问题。无法无天的地方已经很少，但穷到活不下去的却大有人在。比如有病没钱治的。比如老了没人养的。比如，设若资本至尊无敌，那连本钱都凑不足的人可怎么起步？比如我，一定要跟刘易斯站在一条起跑线上，不等着做"冻死骨"才怪。所以有了残奥会。残奥会什么意思？那是说：爱愿高于规则，神命高于人订。换言之：规则是要跟随爱愿的，人订是要仰仗神命的。但残奥会也要有规则，其规则仍不担保结果，这再次表明：神命并不宠爱平均，只关爱平等。残奥会的圣火并不由次神点燃，故其一样是始于平等，终于平等。电视上有个定期的智力比赛，这节目曾为残疾人开过一期专场，参赛者有肢残人，有聋哑人，有盲人，并无弱智者，可这一期的赛题不仅明显容易，而且有更多的求助于他人的机会，结果是全部参赛者都得了满分。我的感受是：次神出面了。次神是人扮的，向爱之心虽在，却又糊涂到家，把平等听成了平均。

/十六/

很久了，我就想说说尿毒症病人"透析"的事。三年前我双肾失灵，不得不以血液透析维持生命，但透析的费用之高是很少有人能自力承担的，幸而我得到了多方支援，否则不堪设想。否则会怎样？一是慢慢憋死（有点儿钱），二是快快憋死（没钱）。但憋死的过程是一样的残酷——身体渐渐地肿胀，呼吸渐渐地艰难，意识怪模怪样地仿佛在别处，四周的一切都仿佛浸泡在毒液里渐渐地僵冷。但这并不是最坏的感觉，最坏的感觉是：你的亲人在一旁眼睁睁地看着你，看着这样的过程，束手无策。但这仍不见得是最坏的感觉，最坏的感觉是：人类已经发明了一种有效的疗法，只要有钱，你就能健康如初，你就能是一个欢跳的儿子，一个漂亮的女儿，一个能干的丈夫或是一个温存的妻子，一个可靠的父亲或是一个慈祥的母亲，但现在你没钱，你就只好撕碎了亲人的心，在几个月的时间里一分一秒地撕，用你日趋衰弱的呼吸撕，用你忍不住的呻吟和盼望活下去的目光撕，最后，再用别人已经康复的事实给他们永久的折磨。谁经得住这样的折磨？是母亲还是父亲？是儿子还是女儿？是亲情还是那宏博的爱愿？

/十七/

　　我有过这样的经历，幸而经历到一半时得到了救援。因而我知道剩下的一半是什么。我活过来了，但是有不得不去走那另一半的人呀。我闭上眼睛不去看他们，但你没法也闭上心哪。我见过一个借钱给儿子透析的母亲，她站在透析室门外，空望着对面的墙壁，大夫跟她说什么她好像都已经听不懂了。我听说过一对曾经有点儿钱的父母，一天一天卖尽了家产，还是不能救活他们未成年的孩子。看见和听见，这多么简单，但那后面，是怎样由希望和焦虑终于积累成的绝望啊！

　　我听有位护士说过："看着那些没钱透析的人，觉得真还不如压根儿就没发明这透析呢，干脆要死都死，反正人早晚都得死。"这话不让我害怕，反让我感动。是呀，你走进透析室你才发现（我不是说其他时候就不能发现）最可怕的是什么：人类走到今天，怎么连生的平等权利都有了疑问呢？有钱和没钱，怎么竟成了生与死的界线？这是怎么了？人类出了什么事？

　　如果你再走进另一些病房，走到植物人床前，走到身患绝症者的床前，你就更觉荒诞：这些我们的亲人，这些曾经潇洒漂亮的人，这些曾经都是多么看重尊严的人，如今浑身插满了各种管子，吃喝拉撒全靠它们，呼吸和心跳也全靠它们，他们或终日痛苦地呻吟，或一无知觉地躺着，或心里祈盼着结束，或任凭病魔摆布。首先，这能算是人道吗？其次，当社会为此而投入无数资财的同时，却有另一些人得了并不难治的病，却因为付不起医疗费就耽误了。这又是怎么了？人类到底出了什么事？

/十八/

出了什么事？比如说，高科技在飞速发展，随之，要想使一个身患绝症的人仅仅保持住呼吸和心跳，将越来越不是一件难事了，但它的代价是越来越多的资金投入。一方面，新的医疗手段和设备肯定是昂贵的，其发展的无止境意味着资金投入的无止境。另一方面，人最终都要面对死亡，如果人的生存权利平等，如果仅仅保持住心跳和呼吸也算生存，那么这种高科技、高资金的投入就更是无止境。两个无止境加起来，就会出现这样一种局面：有限的社会财富，将越来越多地用于延长身患绝症者的痛苦，而对其他患者的治疗投入就难免捉襟见肘了。

绝没有反对科学发展的意思。但是，随着高科技的发展，医学必然或者已经提出一些哲学问题了。医学已不再只是一门救死扶伤的技术，而是也要像文学和哲学那样问一下生命的意义了，问一下什么是生？什么是死？生的意义如何？以及，"安乐死"是否正当？

/十九/

在不久前的《实话实说》节目中，听到一位法律专家陈述他反对"安乐死"的理由，他说得零乱，总结下来大致是两点。其一："安乐死"从实行（即立法和执法）的角度看，困难很多，因此他认为是不应该的。这可真叫逻辑混乱。一事之应不应该实行，并不取决于其实行是否有困难，而是取决于其实行是否正当。倘不正当，实行已失前提，还谈什么困不困难？倘其正当，那正是要克服困难的理由（以及正是表明法律专家并不白吃饭的时候），否则倒是默允或纵容了不正当。这样看，无论"安乐死"应不应该实行，都与困难无关，那专家说了半天等于什么都没说。

当然，应不应该，并不等于能不能够。见报纸上有文章说，从中国目前的条件看，"安乐死"还不能够很快实行。这我同意。但这又不等于说，我们不应该从现在就开始探讨它的正当性和可行性。

/二十/

我住过很多回医院，见过很多身患绝症的人，见过他们对平安归去的祈盼，见过因这祈盼不得回应而给他们带来的折磨，生理的和精神的折磨，分分秒秒不得间歇。我真是想不通这到底是为了什么。似乎只是为了一种貌似人道的习俗。这样的时候，你既看不到人的尊严，也看不到人的爱愿，当然也就看不出任何一点人道；那好像只是一次刑罚——一个堂堂正正的人，被病魔百般戏弄，失尽了尊严和自由，而另一些他的同类呢，要么冷漠地视而不见，要么爱莫能助，唯暗自祈祷着自己的归程万勿这般残忍。这简直是对所有人的一次侮辱，其辱不在死，人人都是要死的；其辱在于，历来自尊的人类在死亡面前竟是如此慌张和无所作为。刑罚所以比死更可怕，就在于人眼睁睁地丧失了把握命运的能力。我想，创造刑罚的人一定是深谙这一点的。可我们为什么要让那必来的"归去"成为刑罚呢？为什么不能让它成为人生之旅的光明磊落的结束，坦然而且心怀敬意地送走我们所爱的人呢？

当有人（以及每一个人都可能）受此酷刑的折磨与侮辱之时，法律和法律之上的爱愿，只摆出几项改变它必然要遇到的困难，就可以溜之大吉并且心安理得了吗？

/二十一/

那位法律专家反对"安乐死"的另一个理由是："人没有死的权利。"但是为什么呢？他未提供有力的说明。他除了说得有些蛮横，还说得有些含糊："死是自然而然的事。"但自然而然的事就一定正当吗？真若这样，要你法律专家干吗？不过，这一回的问题好像真的不太简单。

人没有死的权利——第一，这话可以翻译成：个人没有死的权利。比如"文革"中，一个终于受不住摧残与屈辱的人，要是自杀了，必落一个"自绝于人民自绝于党"的罪名；凭此罪名，你生前的一切就都被否定，你的亲朋好友就都可能受到株连。这是什么意思？这是说：你必须老老实实忍受屈辱，无权反抗，连以死抗争的权利都没有。当然，你已经自杀了说明你可以自杀，任何罪名对你都已毫无作用，但其实，那罪名是说给生者听的，是对一切生者的威吓，那是要取消所有人抗议邪恶势力的最后权利。还说"人没有死的权利"吗？一个人若连以死抗争的权利都被剥夺，可想而知，他还会有怎样的生的权利。

/二十二/

人没有死的权利——第二，此言也可作如下想：生的权利既为天赋，人便无权取消它；死既为天命之必然，故只可顺其自然。话说到这儿，真像是有些道理了。

但是未必。且不论生死之界定尚属悬案，只说：真这样顺其自然，医学又是干什么用的？医学，不是在抗拒死亡吗？倘若顺其自然，那么不仅医学，一切学、一切人的作为就都要取消。那样的话可真是顺其自然了——人将跑成一群漫山遍野地觅食、交配、繁衍，然后听天由命的物类了。理想也无，爱愿也无，前途嘛，不过是地平线以内四季的安排。有人说了：这样不好吗？可更多的人说：这样不好！说好的人就这样去好吧。说不好的人就有麻烦：为什么不好？以及，怎样才好？

/二十三/

人热爱自然，但料必没人会说人等同于自然。人既是自然的一部分，又是从自然中升华出来的异质，是异于自然的情感，异于物质的精神，异于其他物种的魂游梦寻，是上帝之另一种美丽的创造。上帝是要"乘物以游心"吧？他在创造了天地万物之后又做了一点手脚（比如抽取了亚当的一条肋骨，比如给了女娲一团泥巴），为的是看看那冷漠的天地间能否开放出一种热情，看看那热情能否张扬得精彩纷呈，再看看那精彩纷呈能否终于皈依他的爱愿。人热爱自然正如人珍重自己的身体，人不能等同于自然正如人要记住上帝的期待，否则自然无思无欲无梦无语，有了大熊猫等等也就足够，人来干吗？

依我浅见——绝非谦虚，我甚至有点儿不敢说但还是说吧：中国文化的兴趣，更多地是对自然之妙构的思问，比如人体是如何包含了天地之全息，比如生死是如何地像四季一样轮回，比如对天地厚德、人性本善的强调。这类思问玄妙高深精彩绝伦，竟令几千年后的现代物理学大为赞叹！所以中国人特别地喜欢顺其自然，淡泊无为，视自然为心性的依归。但那异于自然的情感呢，就比较地抑制；异于自然的精神呢，就比较地枯疏。所以中国人的养身之道特别发达，对生命意义的追问就不大顽固。

/二十四/

反对"安乐死"，看身患绝症者饱受折磨与屈辱而听之任之，大约都是因为不大过问生命的意义。人不是苟活苟死的物类，不是以过程的漫长为自豪，而是以过程的精彩、尊贵和独具爱愿为骄傲的。医学其实终不能抗拒死亡，人到底是要死的这谁都明白，那么医学（以及种种学）到底是干什么用的呢？其实，医学说到底仍只是一份爱愿，是上帝倡导爱愿的一项措施，是由之而对人间爱愿的一次期待。当有人身患绝症，生命唯饱受折磨而无任何意义之时，其他人却以顺其自然为由而袖手一旁，人间爱愿岂非自寻其辱？上帝的期待岂不就要落空？

"安乐死"还是不应该吗？还是要"自然而然"地任那绝症对人暴施折磨和侮辱吗？难道还有谁看不出"安乐死"并不是要取消人之生的权利，而是要解除那残酷的刑罚，是在那疑难的一刻仍要信奉神命、行其爱愿吗？神命难违，神不单给了人生的权利，还给了人自由的权利和追求幸福的权利。

/二十五/

神命不可违。可我心里一直都有个疑问：神是谁？神在哪儿？其实，哪一份神命不由人传？哪一种神性不由人来认信？哪一位先知或布道者不是人呢？如此，神还有什么超凡独具？还有什么绝对权威？谁不能造一个乃至若干个神出来，然后挟神祇以令众生？神岂不又是任人打扮了吗？

除非神亲临做证。除非神迹昭然——比如刹那间使饥饿的流民获得食品，转眼间使病残者康复如初。除非神于此刻亲宣其命，众目皆见，众耳皆闻。但是第一，真正见过神迹的人很少，通常都是人传，你可以信也可以不信。第二，因上述神迹而皈依信仰者，信的未必是神命，多半是看重了神的馈赠，这就难免又发展成对实利的膜拜，和对爱愿的淡忘。

那么，可有并非人传，而是众目皆见众耳皆闻的神迹吗？有啊，有啊！我们头上脚下的这个气象万千的星球不是吗？约伯终于对之说"是"的一切，不是吗？为什么把一根木棍变成蛇算得神迹，沧海桑田、日走星移倒不算？为什么点石成泉算得神迹，时时处处的"山重水复"和"柳暗花明"倒不算？为什么天地之种种慷慨的馈赠算，而世间之种种严酷的困阻就不算？

/二十六/

神命不可违，神命就得是一种绝对的价值要求，只可被人领悟，不能由人设定。故，那样的价值要求必得是始于（而非终于）天赋的事实（比如说"第一推动"），是人智不能篡改而非不许篡改的。不许，仍是人智所为；不能，才为人力不逮。那是什么呢？那正是神迹呀！这天之深远，地之辽阔，万物之生生不息，人之寻求不止的欲望和人之终于有限的智力，从中人看见了困境的永恒，听见了神命的绝对，领悟了：唯宏博的爱愿是人可以期求的拯救。

为什么单单是爱愿呢？恨不可以吗？以及独享福乐，不可以吗？恨与享乐，不过是顺从着人之并不清洁善美的本性，那是任何物种都有的自然倾向，因而那仍不过是顺其自然，并未看见人智之有限，并未听懂那天深地远之中的无声天启。那样的话，仍是只要有着大熊猫等等就够了，这冷漠的世界仍难升华出美丽的精神。所以，终于（而非出于）自然的拯救算不上拯救；断灭一切欲望以达无苦无忧的极乐之地，那是人的臆想，既非天赋事实，又非天启智慧，那才是出于人之妄念，终于人之无明吧。

/二十七/

我想，哪种文化也不是"第一推动"，哪种宗教也都不是"绝对的开端"，它们都是后果，或闻天启而从神命，或视人性本善为其圭臬。"第一推动"或"绝对的开端"，只能是你与生俱来的、躲不开也逃不脱的面对。唯在此后（无论是对于个人，还是对于人类）才有了生命的艰难，精神的迷惘，才有了文化和信仰，理性和启示，或也才有了妄念与无明。倘不是从这根本的处境出发，只从寺庙或教堂开始，料必听到的只是人传。

这又让我想到了文学，想到了"写作的零度"。只从经济、政治出发则类似数典忘祖，只从某种传统出发则近乎原地踏步，文学的初衷原是在那永不息止的"推动"与"开端"中找到心魂的位置。所以，文学料必在文学之外，论文料必在论文之外，神命料必在理性之外，人的跟随料必在现实之外。

/二十八/

比如说"己所不欲，勿施于人"，此语虽是人言，却既暗示了人不能篡改的天赋事实，又暗示了人要超越其自然本性的方向。己所不欲，意味着人之有欲，且欲之无限——这是天赋事实。人欲无限，则可能损及别人（他者），而为别人（他者）所不欲——这也是天赋事实。人在人群，每个人就都是自己也都是他人，人类是万灵万物之网的一脉，个人又是人类整体之一局部——这是人之独闻的天启，人于是恍然而悟：原来如此，唯整体的音乐可使单独的音符连接出意义，唯宏博的爱愿是人性升华的路径。所以爱愿不是人的自然本性，而是人超越大熊猫等等而独具的智慧，是见自然绝地而有的精神追寻，是闻神命而有的觉醒。

/二十九/

神，当然不是理性推导出来的，但却是理性看到了理性的无能才听见的启示。我不大相信理性走入绝地之前的神，那样的神多半是信徒期求优待——今生不可那就来世——所推举的偶像；优待哪有个完呢？弄来弄去便与贪官纵容自己的亲朋同流，结果是爱愿枯萎，人间唯多出几个乱收费的假庙。

理性走入绝地，有限的人智看见了无限的困阻，人才会变得谦恭，条条计策终见迷茫，人才在服从与祈祷中听见神命。但我还是不大相信这时就可以弃绝理性，因为那绝地之上等着人的除了倡导爱愿的神还有别样的神，比如还有道破人生苦短、号召及时行乐的神。价值相对主义可能会说：诸神平等，怎么都行。但怎么都行不等于怎么都好，保护大熊猫不等于人也要做大熊猫。或有人说：大熊猫怎么了？人还不如大熊猫呢！那人也不如耗子吗？就算也不如，那圣雄甘地如不如希特勒呢？还是不如？那好，大家提防着你就是。所以还得提防着价值相对主义。

人居各地，习俗不一，人在人群，孤独无二，魂拘人身，根本的困境与救路都是一样的。受贿的神受不同的贿，指引爱愿的神却并不因时因地而有改变。

/三十/

物质至上，并非一国一地之歧途，而是全人类的迷失。你看一切政府的共同目标是什么？你看全球各地的斗志昂扬都基于什么？无不是国民生产总值的增长，以及消费指数的增长；增长增长再增长，似乎人类的前途、生命的意义全系于物质占有和消费水平的可持续增长。这样的竞赛之下，谁还顾得上地球？谁还顾得上生态？相互的警告与斥责，不过是五十步恨百步，或百步对五十步的先期防范，讨价还价中哪还有什么爱愿和理性？完全像贪婪的子孙在争夺父母（地球）的遗产。本来嘛，做买卖的谁不想赚？非要让先赚的让着后赚的，一百步等着五十步，实在也是不通事理。可是话说回来，五十步恨百步也未必是恨其掠夺地球，也未必是恨那消费模式腐蚀着人类灵魂，更可能是恨着自己的手慢，好东西先都让别人拿了去。如此这般地增长了再增长，赚了又赚，五十望一百，一百望一千一万，结果无非是地球日益枯萎，人间恨怨飙升。而这未必只是政治、经济问题（把这仅仅看作政治、经济问题，我疑心那还是中着物欲的魔法，还是像五十望一百而不成时的心理不平衡），多半是信仰出了毛病，是如林语堂所说：近两千年来人已经听不懂了神的声音。岂止听不懂，是干脆不要听，是如陈嘉映所说："生活真容易变得有趣，所以没有人思考。"诗意地栖居吗？就怕诗人早也认同了饭局中的操作与推销。

/三十一/

有位一向自诩关怀生命意义的老友，忽一日自信看透了人生，说："咳，什么意义不意义、道德不道德的，你说是不是？"不小心我说了"不是"。场面于是有些沉闷，大家对坐无言，然后避开这话题胡乱说些别的。但我知道他心里在说什么——"虚伪！"我也知道这一句谴责后面的理由——"老实说，你不看重名利？"我还知道支持这理由的所谓看透——"什么信仰呀爱愿呀，这个呀那个呀，说说罢了，人生实实在在，不过死前的一次性消费，唱高调的不是傻瓜就是装蒜。"

虚伪，这两个字厉害，把它射向诚实，效果多佳。比如黄色小说的自卫反击："各位的做爱难道不是这样？为何不从实招来？"想想也是，诚实于是犹豫。黄色见状，嘴上或心里必是脆脆的一声："虚伪！"诚实容易被这一声断喝吓糊涂，其实呢，黄色只见了性爱之形同，而难识心魂之异彩——本来嘛，爱情之要，原是黄色的盲区。不过"虚伪"二字真是厉害，它所以百发百中，皆因人非圣贤，谁心里没有一些阴暗和隐藏？但这些可能是污浊的品质，恰是人应当忏悔和道德不可或缺的缘由，怎能借坦荡与实在之名视其为正当？这差不多是个悖论：你说他虚伪，是因其知污浊而隐藏，你说那隐藏的并不污浊，甚至美妙到可供炫耀，那虚伪岂不要换成谦逊了？

上述的虚伪固然不是美德，但毕竟留了一份美好的畏惧在头上，而上述的坦荡和实在，则无所畏惧到彻底不识了好歹。好与歹，岂可由实在引出？好与歹根本是心魂的询问。难怪价值相对主义说怎么都好，它是执实在而不思不悟，助人欲以坦然胡行。有了美好的畏惧在，虚伪则可望迷途知返，人便有了忏悔的可能。我有时设想，最不可救药的虚伪什么样儿？比如说，有一天忏悔也不是因为看见了自己的污浊，而是追随着时髦，受洗也不是为了信守神约，而是看它为一枚高雅的徽标，信仰呀爱愿呀都跟把黑发染黄一样成了美容店的业务，那才真叫麻烦。

/三十二/

但爱愿都是什么呢？如何才算是爱愿呢？爱愿既然高于规则，它就不能再是规则。爱愿既然是天启，它就不能又是人说。比如，爱愿之紧要的一条是爱他人，这分寸如何把握？就算"己所不欲，勿施于人"是一种可能的把握，但它也只说出了问题的一面，另一面——己之所欲，怎样呢？务施于人吗？你欲丰衣足食，务使别人也丰衣足食，你欲安居乐业，务使别人也安居乐业，这当然好。但是，你欲欺世盗名，也务使别人偷梁换柱吗？你欲做伪证，也务使别人知法犯法吗？显见是不行，那是教人作恶呀。那么，你欲捐资扶贫，你欲安贫乐道，你欲杀身成仁，这总不是恶了吧？那么，别人也都得这样吗？你说不必。你甚至说，强迫捐资岂非掠夺？强使乐道，道将非道；强逼成仁，仁安在哉？如此说来，自扫门前雪吧，不如少管别人的事。人欲乘凉，我独种树，人欲出人头地，我看平常是真，相安莫扰各行其是，岂不天下都乐？可是有个别人叫希特勒，他要打仗，还有几个别人叫"四人帮"，他们要焚书坑儒，怎么办？

你可能会说：这已经跑题了——倘其自己跟自己打，自己烧自己的书，请便，但你把仗打到别人头上，那就违背了"己所不欲，勿施于人"的圣训，故此一条圣训已经把话说全。就算是这样吧，那么"勿施于人"要不要务施于人呢？要，是"勿施"之否定；不要，是否定了"勿施"。你说：还是独善其身的好。但这是绕圈子，希特勒打来了，"四人帮"烧来了！你说：那正是因为他们违背了圣训呀！倘人人遵此训而独善，岂不众生皆善，哪还会有这些乱七八糟的事？但他们要是压根儿就不信你那圣训呢？好了，不管你是指责他们的违背，还是遗憾于他们的不信，都说明这圣训压根儿就有务施于人的倾向。

/三十三/

怎么回事？哪儿出了毛病？"务施"者，难免为他人所不欲，故当"勿施"；"勿施"者，又难免误失了圣训，故又当"务施"。那么，"勿施"与"务施"的分寸谁来把握？鱼和熊掌可否兼得？水与火，怎样和谐共处，相得益彰？

但这是能由人说的吗？人一说就是"务施"，就是"勿施"，或就是"误失"，就又要掉进那个逻辑陷阱。

这事必由神说。人，必要从那不可更改的天赋事实（第一推动，或绝对开端）之中，从寂静之中，大音希声之中，谛听天启。

可是先生，你这就不是绕圈子吗？你说你听见了此般天启，我还说我听见了彼般天启呢！这像不像把猴子扮成人，等他说人话？像不像把人扮成神，由他行天道？

/三十四/

这怎么办？

这怎么办？

这怎么办？

要把这一节写满：这怎么办？

或要用一生来问：这怎么办？

人将听见，那无穷之在莫不是：这怎么办，和这怎么办？

/三十五/

　　在逻辑的盲区，或人智的绝地，勿期圆满。但你的问，是你的路。你的问，是有限铺向无限的路，是神之无限对人之有限的召唤，是人之有限对神之无限的皈依。尼采有诗："自从我放弃了寻找，我就学会了找到。"我的意见是：自从我学会了寻找，我就已经找到。

　　叹息找不到而放弃寻找的，必都是想得到时空中的一处福地，但终于能够满足的是大熊猫和竹子，永远不能不满足的是人和人的精神；精神之路恰是在寻找之中呀。寻找着就是找到着，放弃了，就是没找到。就比如，活着就是耗损，就是麻烦，彻底的节约和省事你说是什么？但死也未必救得了这麻烦。宇宙本是一团无穷动啊，你逃得了和尚逃得了庙？天行健，生命的消息不息不止，那不是无穷动吗？人在此动之中，人即此动之一环，你省得了什么事？于人而言，无穷动岂不就是无穷地寻找？

　　问吧，勿以为问是虚幻，是虚误。人是以语言的探问为生长，以语言的构筑为存在的。从这样不息的询问之中才能听见神说，从这样代代流传的言说之中，才能时时提醒着人回首生命的初始之地，回望那天赋事实（第一推动或绝对开端）所给定的人智绝地。或者说，回到写作的零度。神说既是从那儿发出，必只能从那儿听到。

图书在版编目（CIP）数据

病隙碎笔：插图珍藏版 / 史铁生著.—长沙：湖
南文艺出版社，2017.7（2023.11重印）
ISBN 978-7-5404-8108-7

Ⅰ.①病… Ⅱ.①史… Ⅲ.①散文集－中国－当代
Ⅳ.①I267

中国版本图书馆CIP数据核字（2017）第114016号

上架建议：名家经典/当代散文

BINGXI SUIBI：CHATU ZHENCANG BAN

病隙碎笔：插图珍藏版

作　　者：史铁生
出 版 人：陈新文
责任编辑：薛　健　刘诗哲
监　　制：于向勇　秦　青
策划编辑：楚　静
营销编辑：刘晓晨　罗　昕
内文插图：吴冠中
版式设计：李　洁
封面设计：仙　境
出版发行：湖南文艺出版社
　　　　　（长沙市雨花区东二环一段508号　邮编：410014）
网　　址：www.hnwy.net
印　　刷：三河市天润建兴印务有限公司
经　　销：新华书店
开　　本：875mm×1230mm　1/16
字　　数：200千字
印　　张：16
版　　次：2017年7月第1版
印　　次：2023年11月第8次印刷
书　　号：ISBN 978-7-5404-8108-7
定　　价：49.80元

若有质量问题，请致电质量监督电话：010-59096394
团购电话：010-59320018